Das Buch

Seit Jahren teilen Mutter und Tochter wenig mehr als ein wortkarges Mittagessen pro Woche. Zwischen ihren Nudelschalen türmt sich ein Berg aus Ungesagtem. Die Mutter führt ein unauffälliges, bescheidenes Leben als Pflegerin im Seniorenheim, wo sie machtlos dabei zusehen muss, wie menschliches Leben weder geschätzt noch geschützt, sondern lediglich verwaltet wird – und wie schließlich auch der Tod nur noch ein Rädchen im Getriebe eines gesichtslosen bürokratischen Apparats wird. Infrage stellt die Mutter dieses System zunächst nicht, ist es doch das, was sie kennt. Als brave Bürgerin lehnt sie sich nicht auf. Im Gegensatz zu ihrer Tochter Green, die sich an der Universität, wo sie als Lehrbeauftragte mit einem ohnehin schon unsicheren Arbeitsverhältnis zurechtkommen muss, gegen die homophobe Einstellungspolitik der Institution einsetzt. Das kostet sie ihre Stelle, ihr Einkommen, schließlich ihre Wohnung. Als sie mit ihrer Partnerin Rain bei ihrer Mutter einziehen muss, prallen zwei Generationen und Lebensentwürfe aufeinander, die gegensätzlicher nicht sein könnten.

Die Autorin

Kim Hye-jin wurde 1983 in Daegu, Südkorea, geboren. Für ihre Romane wurde sie vielfach ausgezeichnet, unter anderem 2020 mit dem Daesan Literaturpreis, dem wichtigsten seiner Art in Südkorea. Mit »Die Tochter« erscheint erstmals ein Roman von Kim Hye-jin auf Deutsch.

KIM HYE-JIN
DIE TOCHTER

Aus dem Koreanischen
von Ki-Hyang Lee

WILHELM HEYNE VERLAG
MÜNCHEN

Die Originalausgabe 딸에 대하여 erschien erstmals 2017
bei Minumsa, Seoul.

Penguin Random House Verlagsgruppe FSC® N001967

Deutsche Taschenbucherstausgabe 07/2024
Copyright © 2017 by Kim Hye-jin
Copyright © 2022 der deutschsprachigen Ausgabe
by Hanser Berlin in der
Carl Hanser Verlag GmbH & Co. KG, München
Copyright © 2024 dieser Ausgabe
by Wilhelm Heyne Verlag, München,
in der Penguin Random House Verlagsgruppe GmbH,
Neumarkter Str. 28, 81673 München
Umschlaggestaltung: Nele Schütz nach einer Vorlage von
Anzinger und Rasp, München
Motiv: © Lori Mehta
Satz: Uhl + Massopust, Aalen
Druck und Bindung: GGP Media GmbH, Pößneck
Printed in Germany

ISBN: 978-3-453-42720-4

www.heyne.de

DIE TOCHTER

DIE BEDIENUNG SERVIERT zwei Schüsseln mit heißen Udon-Nudeln. Das Gesicht meiner Tochter wirkt etwas müde, eingefallen und gealtert, als sie Löffel und Stäbchen aus dem Besteckkorb nimmt.

»Hast du meine Nachricht gelesen?«, fragt sie.

»Ja, ich wollte antworten, aber dann kam etwas dazwischen, und ich habe es vergessen.« Ich sage das, als sei nichts dabei. Aber es ist eine Lüge. Tatsächlich bin ich völlig erschöpft, weil ich mir über die Angelegenheit das ganze Wochenende lang den Kopf zerbrochen habe. Doch nun sitze ich vor ihr ohne eine Lösung oder wenigstens einen Plan.

»Wo warst du denn am Wochenende?«

Ich nenne den Namen einer Freundin, die sie auch kennt, und gebe vor, mich mit ihr zum Essen getroffen zu haben. Meine Tochter macht Anstalten, weiterzufragen, begnügt sich dann aber mit einem simplen »Aha«. Als fühle sie sich verpflichtet, Anteil zu nehmen, fügt sie hinzu: »Es gibt gerade eine Menge Festivals. Das wäre doch mal eine nette Abwechslung.«

»Ach, dafür fehlt mir einfach die Muße.«

Ich fische eine dicke Nudel aus meiner Schale heraus und zwinge mich, sie zu essen. Früher, als ich noch jung war, habe ich Nudelgerichte geliebt. Sie waren fester Bestandteil meiner täglichen Mahlzeiten. Ich mag sie noch immer, bekomme aber hinterher Probleme mit der Verdauung. Wie oft muss ich meinen aufgeblähten Bauch massieren oder, kaum dass ich mich zum Schlafen hingelegt habe, wieder aufstehen und herumlaufen. Älter zu werden heißt, alle Vergnügungen nach und nach aufzugeben.

Eine Gruppe junger Menschen, vermutlich Studenten, kommt herein, während einige Büroangestellte, die gerade mit dem Essen fertig sind, zur Kasse eilen. Ausgelassenes Gelächter und laute Stimmen erfüllen den Raum. Überall sind nur junge Leute. Dazwischen ich, mit meinen Falten und Altersflecken. Dünne Haare und ein krummer Rücken vervollständigen mein desolates Erscheinungsbild. Ich passe nicht hierher. Ich habe das Gefühl, als würde jeden Augenblick jemand eine abfällige Bemerkung über mich machen. Aufmerksam wandern meine Augen hin und her. Meine Tochter leert ihre Schüssel zügig. Mir schwirrt immer noch meine Hauptsorge durch den Kopf. Soll ich etwas sagen? Darf ich das überhaupt? Oder lieber nicht? Habe ich nicht sogar eine Verpflichtung dazu? Aber da ist etwas, wovor ich Angst habe. Wie mir meine Ablehnung vergolten würde.

»Wie du weißt ...« Es dauert lange, bis ich meinen Mund aufbringe. *Wie du weißt*, in dieser Floskel und wie ich sie sage, wird meine ablehnende Haltung mehr als offensichtlich. Meine Tochter begreift, und für einen Moment verrät ein Flackern in ihren Augen ihre Enttäuschung.

»Ich weiß, dein Einkommen reicht hinten und vorne nicht«, sagt sie. Dann sieht sie mich gespannt an und wartet darauf, dass ich etwas erwidere. Ich kann mir die steigenden Wohnkosten, die durch die Decke gehen, während man schläft, nicht mehr leisten. Die Preise kennen kein Halten. Aus dem Spiel, in dem jeder rennt und springt und sich die Anstrengungen, mitzuhalten, aufschaukeln, bin ich schon längst ausgeschieden.

»Wie du weißt, ist dieses Haus das Einzige, was mir geblieben ist«, entgegne ich.

Eines der Häuser, die sich wie verfaulte Zähne dicht in einer engen Gasse am Stadtrand aneinanderreihen. Ein baufälliges zweistöckiges Haus, seiner Besitzerin ganz ähnlich, vornübergebeugt, mit abgenutzten Gelenken und mürben Knochen. Ein Haus, das nichts mit der restlichen Bausubstanz dieser Welt gemein hat, die sich tagtäglich selbstbewusst erneuert. Es ist das Einzige, was mein Mann mir hinterlassen hat. Ein sichtbares Objekt. Das Einzige, über das ich Kontrolle und Eigentumsrecht habe.

»Ich weiß, ich weiß es sehr gut. Aber ich habe keine andere Wahl, als dich um Hilfe zu bitten. Wen soll ich denn sonst fragen? Du bist doch meine Mutter«, murmelt meine Tochter vor sich hin, während sie in ihrer Schüssel rührt. Ihr Tonfall schwankt zwischen Resignation und Erwartung. Dann sagt sie schließlich noch etwas, ein verzweifelter, letzter Vorschlag. Sie werde mir monatliche Zinsen zahlen, wenn ich ihr eine beträchtliche Summe vorschießen würde. Wahrscheinlich hat sie an die zwei Mietwohnungen im Obergeschoss gedacht, deren Badezimmerdecken mit Wasserflecken übersät sind, deren Linoleumböden überall abgenutzt und zerrissen sind und bei denen ununterbrochen Wind, Staub und Lärm durch die alten Holzfensterrahmen dringen. Sie will wissen, wie viel ich bekommen kann, wenn ich den jetzigen Mietern kündige und neuen Mietern eine hohe Kaution abverlange.

Die derzeitigen Mieter loszuwerden und neue an Land zu ziehen, die bereit sind, eine höhere Einlage zu zahlen, ist jedoch nicht so einfach. Vor einigen Tagen kam die frisch vermählte Mieterin einer der beiden Wohnungen im Obergeschoss zu mir herunter und beschwerte sich, dass von der Küchendecke Wasser tropfe. Sie sagte, ich solle den Schaden ordentlich reparieren lassen, durch einen Fachmann und nicht durch einen abgehalfterten Heimwerker. Dabei trug sie eine Miene zur Schau, die eine Mischung aus Ärger, Verlegenheit, Verständnis und Zögern verriet.

»Ich verstehe. Bitte haben Sie etwas mehr Geduld.«

Das war es, was ich antwortete, doch im Augenblick kann ich leider nichts machen. Ich habe einfach keinen Spielraum, die Reparaturkosten zu übernehmen, zumal ich keine Ahnung habe, wie teuer es wird. Der Neuvermählten geht es wohl nicht anders, so oft, wie sie zu mir kommt und mich um Hilfe bittet.

Unter dem Tisch wippt meine Tochter mit den Füßen. Die Sohlen ihrer Turnschuhe sind schief abgelaufen. Der Saum der Jeans ist aufgegangen und unansehnlich fransig. Weiß sie wirklich nicht, dass solche Kleinigkeiten darüber bestimmen, welchen Eindruck ein Mensch auf andere macht? Warum stellt sie all die Dinge, die niemanden etwas angehen, wie ihre prekäre Lage, ihre Nachlässigkeit und das mangelnde Feingefühl, einfach so zur Schau? Warum gibt sie anderen Anlass, sie falsch einzuschätzen? Warum vernachlässigt sie Dinge wie Anstand, Würde, Sauberkeit und Ordnungsliebe, die sonst von allen so wertgeschätzt werden? Mühsam halte ich zurück, was ich sagen möchte.

»Mama, hörst du mir zu?«, bedrängt mich meine Tochter.

Nach einer Weile lege ich meine Stäbchen beiseite und wische mir den Mund ab, bevor ich mit ihr Blickkontakt aufnehme. Stimmt. So funktioniert Familie. Ich bin alles an Familie, was dieses Kind hat. Das heißt es wohl, eine Familie zu sein. Wahrscheinlich ist es wegen des Hauses. Ja, allein weil ich ein Haus besitze. Alles, was ich sage, ist:

»In Ordnung. Lass uns eine Lösung finden.«

•

»Hey, wie viel hast du in dein Kuvert gesteckt?«, flüstert mir die Frau des Professors ins Ohr. Aber ihre Stimme ist laut genug, dass alle Umstehenden zu uns her blicken. Ich bleibe am Eingang des Gebäudes stehen und tätschele sanft ihre Hand.

»50 000 Won. So viel, wie es mir meine Lage erlaubt. Was kann ich denn sonst tun?«

Die Frau des Professors holt einen Umschlag aus ihrer Handtasche und schiebt brummend noch 20 000 Won, etwa 15 Euro, ins Kuvert. »Wozu so viel? 30 000 hätte völlig genügt.«

Jedes Mal, wenn sich die Frau bewegt, verströmt sie den intensiven Geruch eines billigen Rosenparfüms. Ihre bordeauxrote Handtasche quillt vermutlich über vor solchen billigen Kosmetika. Dinge mit abgelaufenem Haltbarkeitsdatum oder von schlechter Qualität, die sie großzügig hergeben kann, ohne dass ihr etwas daran verloren geht. Ich habe dergleichen gelegentlich von ihr geschenkt bekommen, die Cremes und Öle aber nie wirklich benutzt. Zwar denke ich immer wieder daran, doch dann vergesse ich es bei der passenden Gelegenheit. Seit einer Weile zählt die Vergesslichkeit zu meinen ständigen Begleitern, die ein kurzes helles Aufflackern der Erinnerung sogleich mit Dunkelheit umhüllt.

»Die Betreffende ist tot, was bringt ihr das Geld? Da haben nur die Kinder was davon. Stattdessen sollte man lieber zu Lebzeiten ein Essen veranstalten. Meinst du nicht? Wir sollten solche Traditionen abschaffen. Was nützt das hier schon?« Die Frau hört nicht auf zu reden, selbst nachdem sie durch die Drehtür in das Gebäude entschwunden ist.

Ich wende mich von der grellen Beleuchtung und ihrem hellen Widerschein in den Blumengebinden ab. Während ich die große Informationstafel studiere und nach dem Trauerzimmer suche, entschlüpft mir ein: »Grässlich. Fürchterlich.«

Wenn man bedenkt, wie oft wir von der verstorbenen Frau Song eingeladen wurden, ist das weit mehr als 100 000 Won wert. Ach was, die Summen sind nicht im Entferntesten vergleichbar! Frau Song war stets eine Geberin gewesen. Genau genommen waren ihre Voraussetzungen, spendabel zu sein, nicht besser als unsere. Und dennoch drängte sie sich oft vor, wenn es ans Bezahlen ging. Manchmal bereitete sie anderen damit Unbehagen, aber so sorgte sie zumindest dafür, immer Menschen um sich zu haben. Wie dem auch sei, jetzt zu erleben, dass sich ihr gegenüber jemand so dermaßen geizig verhält wie die Frau des Professors, ist abstoßend. Sie sagte einmal, ihr Mann sei Professor, doch ich bin ihm nie begegnet, und sie hat auch nicht weiter erwähnt, wo und was er lehrt. Eigentlich ist das für alte Leute wie uns nicht mehr so wichtig. Mit zunehmendem Alter ist es leichter, Menschen aus anderen Schichten zu treffen, von denen man als junger Mensch nicht geglaubt hätte, sie irgendwann kennenzulernen, weil man von einer unsichtbaren Grenze umgeben war.

Das mag daran liegen, dass Menschen sich im Alter immer ähnlicher werden, denn das Älterwerden betrifft jeden gleichermaßen. Ebenso wie die Suche nach einer Anstellung, von denen es für ältere Arbeitnehmer viel zu wenige gibt.

Aber das sage ich nicht laut.

Ich finde den Kondolenzraum für Frau Song, gehe hinein und begrüße einen der Trauernden, der ihr Sohn sein muss. Während des Leichenschmauses schlürfe ich nur das Pilzwasser, das ich mir in einer Thermoskanne mitgebracht habe. Die Frau des Professors isst von einem scharfen Fleischeintopf, in den sie reichlich Reis gegeben hat. Dazu nimmt sie einige Scheiben getrocknetes Schweinefleisch. Dann öffnet sie ihr Klapp-Handy und zeigt mir eifrig Bilder von ihrem Sohn und ihrem Enkel.

»Hast du ein Taschentuch? Gibt es irgendwo eine Tüte?«, fragt sie mich. Daraufhin beugt sie sich zu mir herüber, zieht die nutzlos gewordene Plastikverpackung eines Einwegtellers zu sich heran und schiebt die übrig gebliebenen trockenen Häppchen von dem Teller vor mir hinein. Ich nehme schweigend die Teller aus unserer Umgebung und reiche sie ihr.

»Mein Enkel liebt das. Nur die Schwiegertochter macht Theater, wenn ich ihren Sohn mit so etwas füttere. Aber was soll ich machen? Ich muss es ihm eben heimlich zustecken.«

»Ja, pack nur genug ein«, entgegne ich beiläufig, doch ich beachte die angerichteten Speisen überhaupt nicht. Ich fürchte mich zu sehr davor, von der Energie oder der Aura derjenigen Seelen, die die Grenze zum Jenseits bereits überschritten haben, auf unheilvolle Weise berührt zu werden. Plötzlich fällt mein Blick auf eine Person, die mir gegenüber an eine Wand gelehnt dasitzt. Aus ihren Augen spricht Resignation. Sie scheinen alles zu wissen und mir zu sagen, dass ich als Nächstes dran bin, weshalb ich hastig meinen Blick abwende. Altern ist wie ein Spiel, in dem jeder die Augen schließt und bis drei zählt, während ein Mitspieler sich von hinten anschleicht, sein Opfer bei den Schultern packt und erschreckt. Frau Song starb aus heiterem Himmel, ihr Herz hatte eines Tages nach getaner Arbeit aufgehört zu schlagen. Herzinfarkt: Der Tod als Diagnose. Wie nah ist er mir bereits gekommen? Warum bin ich so sicher, dass er nicht mehr weit ist?

Vor einigen Monaten erhielt ich Besuch von einem Verwandten der Mieterin, die in der Eckwohnung im ersten Stock meines Hauses wohnte. Schon früher waren Leute zu mir gekommen und hatten sich als ihre Freunde oder Liebhaber ausgegeben, aber ich hatte keinem von ihnen den Wohnungsschlüssel gegeben. Wie könnte ich bloßen Lippenbekenntnissen glauben?

»Ich kann sie nicht erreichen. Ich brauche dringend eine Unterschrift und wusste nicht mehr, was ich tun soll, daher bin ich hergekommen.«

Der Mann, der an diesem Tag vor mir stand, behauptete, der jüngere Bruder der Mieterin zu sein. Als ich jedoch nicht darauf reagierte, fuhr er fort, es handele sich um die Grabumbettung des verstorbenen Vaters. Er zog sogar ein Dokument heraus und zeigte es mir. Während ich dastand und in den ersten Stock hinaufsah, ging der Mann einfach die Außentreppe hinauf. Kurz darauf drang das Geräusch einer sich öffnenden Tür zu mir herunter. Dann war es eine ganze Weile still.

»Hallo! Hallo, junger Herr!«, rief ich hinter dem Mann her, aber ich folgte ihm nicht.

Schließlich kam er mit starrer Miene die Treppe hinunter. Dann wandte er sich an mich: »Meine Schwester ist in ihrem Zimmer. Was soll ich jetzt tun? Ich werde es melden müssen. Anzeigen.«

Er eilte durch das Hoftor hinaus und kehrte nie wieder zurück. Ein Krankenwagen kam und transportierte den Leichnam der Frau ab. Bald traf die Polizei ein, und während man mich bis zum Abend festhielt und mir allerlei Fragen stellte, schien der junge Mann bereits über alle Berge zu sein und war unauffindbar.

»Haben Sie den Bruder meiner Mieterin gefunden?« Als ich den zuständigen Kommissar unter einigen Schwierigkeiten am nächsten Tag telefonisch erreichte, erwiderte er:

»Wie oft soll ich es Ihnen noch sagen? Die Familie will die Verstorbene nicht abholen. Sie müssen die Entsorgung ihres Hausstands selbst organisieren. Um die Leiche kümmert sich der Staat, aber mit weiterer Hilfe ist nicht zu rechnen. Die Frau hat doch gewiss eine Kaution für die Wohnung hinterlegt, nicht wahr? Verwenden Sie zunächst das Geld, um die Wohnung in Ordnung zu bringen. Und rufen Sie bitte nicht wieder an. Wir haben hier alle Hände voll zu tun.« Mit diesen Worten legte er auf, sodass ich nicht nachfragen konnte, wann und wodurch die Mieterin gestorben war.

Erst zwei Tage später betrat ich die Wohnung. Wie lächerlich mein Verhalten doch war. Da stand ich am helllichten Tag, wenn die Bäume draußen die sanften und warmen Sonnenstrahlen gierig aufnehmen und Knospen treiben, zögernd in der Tür und umklammerte die Klinke! Die Wohnung enthielt nichts, was meine Ängste befeuert hätte. Da waren nur Dinge, wie sie eine alleinstehende Frau besitzen würde, arrangiert und ordentlich aufgereiht nach ihrem Geschmack, ihrer Gewohnheit und für den Alltag bereitgelegt. Ein Tod also, der ohne Warnung, Symptome, Vorankündigung oder andere Anzeichen eines Tages einfach eingetreten war.

»Ein bedauerliches Ereignis«, murmle ich vor mich hin, während ich die alten Menschen um mich herum betrachte. Dann muss ich daran denken, dass es niemanden überraschen würde, wenn einer von ihnen gleich morgen das Zeitliche segnete. Welch trauriges Ableben. Natürlich wäre mit den üblichen spöttischen Bemerkungen zu rechnen, der Betreffende habe wahrlich lang genug gelebt. Die Hinterbliebenen werden nüchtern analysieren, wie der Verstorbene sein Leben geführt hat, anstatt von ganzem Herzen zu trauern. Wenn es nichts gibt, was sie kritisieren oder verurteilen können, werden sie ihn bald vergessen haben. Als hätte es ihn nie gegeben. Ich verlasse den Leichenschmaus. Mein Blick fällt kurz auf den Sohn von Frau Song, der in einem schwarzen Anzug mit weißer Armbinde Beileidsbekundungen empfängt und den Kondolenzraum hütet.

•

»Es wird ja als Schamanen-Krankheit bezeichnet, wenn jemand ohne ersichtlichen Grund krank wird. Dann muss die Betroffene durch ein Ritual dem zuständigen Geist huldigen. Wer das verweigert, vererbt die Krankheit an das eigene Kind weiter. Wer will das schon verantworten? Also beschließt man eben, alles selbst auf sich zu nehmen«, rede ich vor mich hin. Wenn ich an meine Tochter denke, versteife ich mich gelegentlich auf diese Vorstellung. Muss ich vielleicht eine Strafe erdulden? Ist etwas Verqueres von mir auf meine Tochter übergegangen? Tsen sitzt im Rollstuhl und schaut aus dem Fenster. Dahinter spritzt ein Angestellter den großen Parkplatz ab. Das Wasser schießt aus dem Schlauch, verteilt sich in einem gefächerten Strahl und steigt nach dem Auftreffen auf dem Boden als Dunst in die Luft.

»Möchten Sie nach draußen?«, frage ich Tsen, ohne den Vorschlag ernst zu meinen, und blicke dabei zu ihr. Eine Frau, die zu lange gelebt hat. Eine Frau mit Erinnerungen, die irgendwo versickern. Eine Frau, die die Geschlechtergrenzen hinter sich gelassen hat und nur noch Mensch ist, wie bei ihrer Geburt vor langer Zeit.

Manchmal kommt mir das Leben dieser kleinen, mageren und unscheinbaren Frau wie eine Lüge vor.

Sie ist in Korea geboren, hat in den USA studiert, in Europa gearbeitet und widmete nach ihrer Rückkehr in die Heimat ihr ganzes Leben Menschen, die in keiner unmittelbaren Verbindung zu ihr standen. Ich kann nicht glauben, dass sich in ihr, unverheiratet und kinderlos, eine riesige Weltkarte entfaltet, voller Erinnerungen an Gegenden, in denen ich noch nie war, und zugleich voller weißer Flecken aus endloser Einsamkeit. Sie erhält das ganze Jahr über keinen Besuch.

An einem Tisch auf der anderen Seite des Raums entsteht ein Tumult. Ein alter Mann schimpft laut, schleudert eine Fernbedienung von sich und wirft durcheinander, was sonst noch auf dem Tisch liegt. Seine Betreuerin, die Frau des Professors, ist nirgends zu sehen. Sie hat sich vermutlich versteckt und telefoniert heimlich oder nascht etwas. Ich beeile mich und fahre Tsen im Rollstuhl aus dem Raum. Ohnehin kann ich solche alten Männer mit meiner Kraft nicht bändigen.

Vor dem Abendessen öffnet jemand die Zimmertür und ruft nach mir. Es ist Herr Kwon, der Verwaltungsdirektor. Als ich in den Flur trete, fragt er, ob ich morgen eine Stunde früher zur Arbeit kommen könne. Ein Fernsehsender habe sich angesagt, um eine Reportage über Tsen aufzunehmen. Ich erkläre mich einverstanden. Direktor Kwon neigt höflich den Kopf. Glaubt man der Frau des Professors, ist er mir besonders wohlgesonnen. Auf mich wirkt er eher bemüht, die Regeln des Anstands einzuhalten. Ich weiß, dass sein Verhalten die Haltung des übrigen Personals bestimmt. Sollte ich angesichts der Tatsache, dass sich die meisten älteren Pflegerinnen offensichtlich mit niedrigen Löhnen, schlechter Behandlung und Geringschätzung abfinden müssen, für sein Bemühen dankbar sein? Es liegt wahrscheinlich an Tsen, die ich betreue. Hier ist es wichtig, welche Art von Patienten eine Pflegerin in ihrer Obhut hat. Zumindest in Tsens Gegenwart verhalten sich alle respektvoll und höflich.

»Hat Sie wirklich keine Familie?«, fragt eine neue Pflegerin neugierig.

Ist Tsen jedoch nicht dabei, ändert sich das Benehmen. Besonders Menschen wie die Frau des Professors zeigen dann schnell ihr wahres Gesicht.

»Was ist mit der Familie? Die sind eh alle gleich.«

Nur wenige Kinder besuchen ihre Eltern regelmäßig, nachdem sie sie in ein Pflegeheim gegeben haben. Obwohl sie das genau weiß, scheint die Frau des Professors die Hoffnung in ihr eigenes Kind nicht aufgeben zu wollen.

»Mit oder ohne eigene Kinder alt zu werden, macht einen großen Unterschied. Es tut mir wirklich weh, zu sehen, dass Tsen schon seit Jahren so allein ist. Also, egal wie schwierig die Kindererziehung ist, gib dir Mühe damit. Das ist deine Vermögens- und Alterssicherung.« Mit diesen Worten reagiert die Frau des Professors auf die Frage der Neuen, die ich ignoriert hatte, und schnalzt mit der Zunge. In solchen Situationen merke ich, dass ich nicht in einer Position bin, mir meinen Umgang auszusuchen. Passe ich mich, indem ich mit Menschen wie der Frau des Professors spreche und ihr beipflichte, dem Bild an, das junge Menschen von uns alten Leuten haben? Nähre ich das Klischee, engstirnig und voll von Vorurteilen zu sein und nur dem Staat auf der Tasche zu liegen? Die junge Pflegerin antwortet »Ja, ja«, scheint aber von den Worten der Frau des Professors nicht überzeugt zu sein. Wahrscheinlich liegt es daran, dass sie sich noch nicht an die Arbeit bei uns gewöhnt hat. Sie wird es nicht leicht haben, sie hat die Patienten der verstorbenen Frau Song übernommen. Nach anfänglicher körperlicher Erschöpfung gewöhnt man sich irgendwann an die aufreibende Arbeit. Viele kündigen jedoch wieder, bevor sie an diesen Punkt kommen. Die meisten Pflegerinnen, die dauerhaft bleiben, sind Menschen, die außerhalb der Einrichtung keine Perspektive haben.

Ich gehe in Tsens Zimmer und sehe nach, ob sie es bequem hat. »Alles in Ordnung? Ich komme morgen früh wieder.«

Sie ergreift meine Hand und fragt: »Wo ist dein Haus? Ist es weit weg? Oder ist es in der Nähe?«

Ich sage, es läge nicht weit entfernt und sei mit dem Bus schnell erreichbar.

Tsen nickt zufrieden und ermahnt mich sanft: »Na dann. Pass auf dich auf. Achte auf den Verkehr.«

Daran, wie sie das sagt, erkennt man, wie klar sie im Kopf ist. Ich streiche mit meiner Hand über ihre Stirn. Das Gesicht einer Frau, die gut zwanzig Jahre älter ist als ich. Die Haut ist faltig und rau, aber ihre Züge sind immer noch fein. Ich drücke Tsens Hände und wünsche ihr eine gute Nacht, bevor ich aus dem Zimmer gehe. Die schwach dosierte Schlaftablette, die sie eingenommen hat, sollte ihr helfen, bald in tiefen, erholsamen Schlaf zu fallen.

Ich ziehe mich um und mache mich auf den Heimweg. Vor dem Aufzug treffe ich die Frau des Professors und die neue Pflegerin, die mich schon erwarten. Wir nicken der Krankenschwester der Nachtschicht zu und verlassen das Gebäude. Vom anderen Ende der Gasse dringt laute Musik zu uns herüber. Die enge Seitenstraße mündet in eine Kreuzung, an der sich Geschäfte und Kneipen aneinanderreihen, die bis spät in die Nacht hell beleuchtet sind. Erst jetzt fällt die Anspannung von mir ab, und meine Knie beginnen zu schmerzen.

»Wolltest du nicht deine Tochter treffen? Wie ist es gelaufen?«

Es ist später Abend, aber die Luft hat die Hitze des Tages konserviert. Dazu meine eigene Körperwärme, die oben am Kragen entweicht.

»Lang kann ich es nicht mehr hinauszögern. Doch wann in aller Welt soll ich die Zeit dazu finden?«, weiche ich ihr aus. Ich weiß, warum sie so nachbohrt, sie will ihre guten Ratschläge und klugen Kommentare loswerden. Natürlich ist es das nicht wert, sich auf ihre unnötige Einmischung einzulassen, aber ich kann dabei kaum ruhig bleiben. Die Frau des Professors stimmt mir zu und holt ihr Handy heraus. Dann zeigt sie uns Bilder von ihrem Enkelkind.

»Was für ein aufgewecktes Kind! Wie alt ist er?« Die junge Pflegerin reagiert mit den üblichen Floskeln höflicher Anteilnahme. Ich sage nichts und tue die ganze Fahrt über so, als würde etwas in meinem Handy meine ganze Aufmerksamkeit erfordern. Ich trete eilig auf den Bordstein hinaus und verabschiede mich:

»Bis morgen. Kommt gut nach Hause!«

In Sommernächten fällt mir das Einschlafen schwer, wegen des Lärms, der durch das Fenster dringt. Vorbeiknatternde Motorräder von Lieferdiensten, das Geschrei des zankenden Ehepaars im Obergeschoss. Im Licht des Fernsehers klebe ich ein Wärmepflaster auf mein Knie und reibe mit einer Salbe meine Schultern ein. Dann hole ich eine halbe Wassermelone aus dem Kühlschrank und löffele sie gierig. Danach gibt es nichts mehr zu tun.

Ich liege im dunklen, stillen Zimmer, und das Gedankenkarussell beginnt sich zu drehen: Endlose Schinderei. Die Erkenntnis, dass mich niemand von diesem harten Job erlösen kann. Die Sorge um die Zukunft, wenn ich nicht mehr in der Lage sein werde, zu arbeiten. Meine Sorgen drehen sich ständig ums Überleben, nicht um den Tod. Solange ich lebe, muss ich diese deprimierenden Gedanken ertragen. Das ist mir erst spät klar geworden. Wahrscheinlich ist das jedoch keine Frage des Alters. Vielleicht stimmt es, was die Leute sagen, dass das ein Problem unserer Zeit ist. Ja, die heutige Zeit. Die junge Generation. Meine Gedanken wandern wie selbstverständlich zu meiner Tochter. Sie ist Mitte dreißig, und ich bin über sechzig, und hier stehen wir. Wie wird die Welt aussehen, die meine Tochter im Gegensatz zu mir noch erleben wird? Wird es eine bessere sein? Oder wird die Welt zugrunde gehen?

Am nächsten Morgen wasche ich Tsen und ziehe ihr eine frische Windel an. Dann krame ich etwas von meinem schlichten Make-up hervor und schminke sie.

»Habe ich Ihnen schon einmal von meiner Schulzeit erzählt? Ich bin auf dem Land zur Schule gegangen. Die letzten drei Jahre der Oberstufe habe ich bei einer Freundin gewohnt. Weil unsere eigene Wohnung so weit ab vom Schuss lag, dass ich mit dem Bus dreimal hätte umsteigen müssen. Meine Freundin lebte damals bei ihrer älteren Schwester, die in einer Fabrik arbeitete. Es war eine kleine Einzimmerwohnung mit Küchenecke. Wenn ich mich recht entsinne, war diese Schwester selbst kaum älter als einundzwanzig. Aber ich hatte damals schreckliche Angst vor ihr, keine Ahnung, warum. Na ja, ein Unterschied von ein, zwei Jahren fühlt sich in diesem Alter riesig an.«

»Was? Wo willst du hin?« Tsen reißt die Augen weit auf. Meine Hand, die gerade Rouge auf ihrer Wange verteilt, hält für einen Moment in der Bewegung inne.

»Nein, nein, das war früher, da bin ich aufs Gymnasium gegangen. Vor langer Zeit. Das ist lange her. Jaja, die Schule.«

Als ich Tsens Augenbrauen nachziehe, kommt Herr Kwon herein. »Die Fernsehleute sind da. Sie warten im Foyer. Sind Sie bereit?«

Alle anderen Patienten sind entweder im Gemeinschaftsraum oder in einem der Behandlungszimmer. Tsens Gesichtsausdruck wirkt starr. Geht es ihr nicht gut? Ich stelle ihr einige Fragen, auf die sie nicht antwortet.

»Wollen wir gehen?« Herr Kwon drängt zur Eile.

Ich trage hastig Lippenstift auf Tsens Lippen auf, bevor ich ihm zunicke. »Soll ich sie begleiten?«

»Das wäre nett von Ihnen.«

Herr Kwon, der uns leise folgt, wendet sich mit einer Bitte

an mich: »Man weiß nie, was passiert, also seien Sie wachsam. Es ist immens wichtig, zu zeigen, wie gut wir uns hier um die Patienten kümmern. Das ist kostenlose Werbung für uns.«

Ich sage ihm, dass ich mir Mühe geben werde.

•

»Sie haben 1989 ein Buch mit dem Titel ›Grenzkinder‹ geschrieben. Es sind Geschichten von Kindern, die zur Adoption in die USA gebracht wurden. Brand Kim? Oder war das Brand Lee? Ich war beeindruckt von der Geschichte dieses zehnjährigen Jungen. Fünf Jahre verbrachte dieses Kind bei einer westlichen Familie, bis schließlich seine Adoption wieder rückgängig gemacht wurde. Stimmt es, dass Sie diesen Fall persönlich recherchiert haben? Es würde mich sehr interessieren, wo und wie Sie darauf aufmerksam wurden«, sagt ein junger Mann mit runder Brille. Seine dünne Stimme vibriert zunächst wie eine Stimmgabel, bevor sie ruhiger wird. Als ein zweiter junger Mann, der die Kamera bedient, ihm ein Zeichen gibt, rückt der erste seine Brille zurecht und fährt fort: »Können Sie mir dann etwas über das Ausbildungszentrum in Los Angeles erzählen? Dem Buch zufolge ist es ein alternatives Bildungszentrum. Damals war das so ziemlich die erste Einrichtung, die sich an Kinder mit Migrationshintergrund richtete, nicht wahr? Sie schreiben, dass Sie ganz auf sich gestellt waren, die Finanzierung der Einrichtung auf die Beine zu stellen und die Genehmigung zu erhalten. War das nicht ein enorm schwieriges Unterfangen?«

Die Stimme des jungen Reporters schwebt in der Luft der quadratischen Eingangshalle, bevor sie schließlich verhallt. Stille breitet sich aus. Man kann sogar die Schritte der Menschen hören, die im Flur bemüht leise hin und her gehen. Tsen fixiert die ganze Zeit eine Ecke des Couchtisches. Ihr Geist scheint sich in einen Raum geflüchtet zu haben, in dem sie nichts hört und nichts sieht. Vielleicht hat sie Angst vor den fremden Besuchern. Als ich versuche, mich ihr zu nähern, hebt der junge Mann die Hand zum Zeichen, dass es in Ordnung sei.

»Sie haben dann in den Achtzigern das Beratungszentrum für die Rechte von Einwanderern eröffnet? Erinnern Sie sich daran, dass Sie die Arbeit in Busan begonnen haben? Nicht in Seoul. Hatten Sie dafür einen besonderen Grund?«

Der Kameramann hebt den Blick und schüttelt den Kopf. Er stellt Augenkontakt zu dem Reporter her und scheint sich nonverbal mit ihm auszutauschen.

»Ich sterbe bald vor Hunger.« Tsen klopft auf die rechte Armlehne ihres Rollstuhls. Doch niemand außer mir scheint sie gehört zu haben. Als wäre nichts passiert, geht das Interview weiter.

»Was ist mit dem Forum in Osaka, in Japan in den frühen Neunzigern? Sie hatten dort für Aufruhr gesorgt, weil Sie die koreanische Regierung kritisiert haben. In der Folge hat man Ihnen sogar eine Weile die Einreise nach Korea verwehrt. Erinnern Sie sich daran?« Der junge Mann hält Tsen alte Fotos und Zeitungsartikel hin. Auf einem Bild steht Tsen mit einer großen, drollig anmutenden Brille am Rednerpult und sagt etwas. Auf einem anderen Foto lächelt sie breit, inmitten einer Gruppe von Männern, die einander die Arme um die Schultern gelegt haben. Ich kann meinen Blick einen Moment lang nicht von den verblassten Fotos abwenden.

»Ich habe jetzt Hunger. Hunger.« Tsen sieht sich nach mir um und tut, als schlüge sie mit den Fäusten auf den Tisch.

Ich lehne an der Tür, werde unruhig und antworte: »Ja,

gleich. Aber wollen Sie nicht doch noch etwas erzählen? Die Herren sind extra für Sie hergekommen.«

»Was gibt es heute? Kriege ich Torte?«

Ich beschwichtige Tsen mit einem Lächeln, während es in mir arbeitet. Hat diese alte und gebrechliche Frau, die sich nunmehr nur noch für Essen, Schlafen und Stuhlgang interessiert, wirklich all das getan, was der Reporter aufgezählt hat? Ergibt es irgendeinen Sinn, dass das Fernsehteam sich hierherbemüht hat, um ihr solche Fragen zu stellen? Warum wohl ist Tsen an diesem trostlosen Ort gelandet? Etwa deswegen?

»Können Sie sich denn an nichts erinnern? Was ist mit Tipat? Das Kind kam aus Kambodscha, nicht wahr? Oder woher noch mal?« Als der junge Reporter zögert, korrigiert ihn sein Kollege.

»Von den Philippinen.«

»Stimmt, von den Philippinen. Frau Tsen, Sie kennen doch ein Kind namens Tipat von den Philippinen. Sie waren sein Vormund. Offensichtlich haben Sie den Jungen fast bis zur Volljährigkeit unterstützt. Erinnern Sie sich an ihn? Ti-pat, Ti-pat.« Der junge Mann wird lauter. Sein respektvoller und ehrfürchtiger Tonfall ist längst einem Ausdruck von Ärger und Frustration gewichen.

»Ich glaube, Sie kann sich wirklich an überhaupt nichts erinnern«, sagt der eine.

Der andere erwidert: »Nein. Sie muss einfach etwas sagen, egal was. Sonst brauch ich gar nicht erst anzufangen, über sie zu berichten.«

Der Kameramann hebt schließlich den Kopf und starrt Tsen an, bevor er sagt: »Liebe Frau Tsen, bitte erzählen Sie uns irgendetwas. Wenn Sie keinen einzigen Ton von sich geben, müssen wir das hier abbrechen.« Dann zieht er sein Handy hervor und ruft jemanden an. Eine hohe Stimme ertönt aus dem Gerät, nach einer Weile versiegt der Wortschwall. Der Kameramann wirft Tsen einen verstohlenen Blick zu und flüstert ins Handy, es sei unmöglich, ein Interview zu machen, völlig aussichtslos. Was sagt er, aussichtslos? Der andere schnappt sich das Mobiltelefon und beginnt ebenfalls leise in das Gerät zu sprechen. Tsen dreht den Kopf und sieht mich an. Ich nicke und blinzele mehrfach, um ihr zu bedeuten, dass alles in Ordnung sei. Inzwischen reden beide Männer ununterbrochen. Ihre Stimmen sind mittlerweile so laut, dass die Umstehenden sie deutlich verstehen können.

Die Männer benehmen sich, als wäre Tsen gar nicht anwesend. Und in gewisser Weise stimmt das ja auch. Die Tsen, die sie treffen wollten, ist nicht hier. Ist Tsen eine andere geworden? Sind die Männer hierhergekommen, um sie vorzuführen? Wollen sie ihr aufzeigen, wie elend sie dran ist und wie sehr sie abgebaut hat im Vergleich zu ihren jungen Jahren? Verdient sie denn keinen Respekt mehr?

»Können Sie sich gar nicht an diese Fotos erinnern? Sehen Sie genau hin. Hier, bitte.«

Die Fragen gehen weiter. Es ist aber kein Interview. Es wirkt eher wie ein Verhör oder eine Inquisition. Die beiden jungen Männer halten entschlossen an ihrem Ziel fest, und während sie darauf drängen, Tsen irgendetwas zu entlocken, lassen sie alle Rücksicht und Höflichkeit fallen.

Schließlich trete ich zu Tsen und sage: »Sie klagt zurzeit oft über Hunger. Selbst kurz nach dem Essen. Sie möchte immer Kuchen, kann aber nicht viel essen. Sie hat Verdauungsprobleme. In diesem Frühling verlangte sie besonders oft nach Erdbeeren. Zurzeit isst sie morgens und abends Tomaten.« Ich spüre, dass Tsen unter dem Tisch meine Hand ergreift. Die Männer interessieren sich nicht für meine Worte. Sie sind nicht interessiert an der heutigen Tsen. Sie tuscheln wieder miteinander. Dann schaltet der Kameramann seine Kamera aus und packt seine Ausstattung zusammen, bevor er mich fragt: »Sie ist dement, richtig? Wir sind gekommen, weil wir dachten, ihr Zustand sei noch nicht so schlimm. Ach, das ist wirklich eine unangenehme Situation.«

Ich finde ihn unhöflich, halte mich aber zurück. Im Hinterkopf habe ich die Bitte von Herrn Kwon. Sollten diese jungen Männer irgendwo einen Artikel über Tsen schreiben oder eine Sendung über sie machen, wird man auf sie aufmerksam, und sie findet womöglich Unterstützung und Beistand. Das betrifft indirekt auch mich. Ich muss die Sache also in die Hand nehmen.

»Möchten Sie einen Blick in ihr Zimmer werfen? Dann können Sie sehen, wie Tsen lebt. Ich denke, es wäre schön, ihr etwas mehr Zeit zu geben. Lassen Sie mich einmal mit ihr sprechen.« Ich versuche, möglichst begütigend auf die Männer einzuwirken, aber sie schütteln nur den Kopf und verlassen den Raum.

Ihre Stimmen sind noch lange in dem sonst ruhigen Korridor zu hören. Ich betrachte die Fotos und Zeitungsartikel, die sie zurückgelassen haben. Es ist nicht schwer, Tsen auf den Bildern zu erkennen.

»Frau Tsen, sehen Sie sich das hier an. Meine Güte. Erinnern Sie sich noch, wann das war?« Ich zeige auf einige Fotos und halte sie ihr vor das Gesicht, doch Tsen reagiert nicht.

•

Irgendwann habe ich aufgehört zu glauben, ich könne etwas verändern.

Im Augenblick ist es die Zeit, die gegen mich arbeitet. Ganz gleich, was man in seinem Leben ändern möchte, man muss sich auf einen gigantischen Kraftakt gefasst machen. Denn selbst mit großer Hartnäckigkeit und festem Willen sind immer nur kleine Veränderungen möglich. Am besten, man akzeptiert die guten wie die schlechten Seiten an sich selbst. Jede Entscheidung, die man im Laufe seines Lebens getroffen hat, bedingt, wer man heute ist. Die meisten Menschen erkennen dies jedoch zu spät. Es ist doch schade, wie viel Zeit sie mit Gedanken an Vergangenes oder Zukünftiges verschwenden, anstatt im Hier und Jetzt zu leben. Sie blicken ständig wehmütig zurück oder erwartungsvoll nach vorne. Reue sollte man den alten Menschen überlassen, denen nur noch wenig Zeit bleibt.

Wie soll ich meiner Tochter diese Dinge auseinandersetzen? Lebenserfahrung lässt sich kaum erklären, geschweige denn verstehen. Nahezu aussichtslos, meiner Tochter meine Erkenntnisse näherzubringen, vor allem bei der Kraft und dem Eigensinn ihrer Jugend.

»Mama, hörst du mir zu? Hörst du mich?«

Ich nicke, um zu zeigen, dass ich aufmerksam bin, doch ich vermeide, ihr in die Augen zu sehen. Wovon soll ich all die monatlichen Fixkosten für Arztbesuche und Medikamente, die Versicherung, den täglichen Bedarf und sonstige Ausgaben bestreiten, von Rücklagen ganz zu schweigen, wenn ich von den beiden Mietparteien im ersten Stock statt der monatlichen Miete eine hohe Einlage verlangen würde, wie es meine Tochter vorschlägt? Sie öffnet geräuschvoll die Kühlschranktür und holt ein Glas Wasser. Es ist Nacht, aber es ist immer noch heiß, und die Luft steht. Ich wedle mit der Hand, um ein paar Mücken zu verscheuchen, und drehe den Ventilator in ihre Richtung.

»Ich zahle die Verzinsung und gebe dir Haushaltsgeld. Wenn ich im nächsten Semester wieder mehr Kurse gebe, steigt mein Einkommen. Glaubst du, ich will dir ewig auf der Tasche liegen? Ich bin ja kein Kind mehr.«

Ich nicke stumm. Das heißt aber nicht, dass ich ihr zustimme. Ich tue mein Möglichstes, ihre Situation zu verstehen. Daher dränge ich sie nicht, auf eigenen Füßen zu stehen. Ich kann sie nicht auffordern, einfach härter zu arbeiten, wie es meine Eltern vor langer Zeit bei mir getan haben. Das geht nicht mehr. Die Welt hat sich verändert.

»Kannst du nicht selbst ein Darlehen aufnehmen?«

Durch das Fenster dringen laute Geräusche herein, Menschen, ein Motorrad. Meine Tochter nimmt einen Schluck Wasser und bläst die Backen auf. Ist sie verärgert?

»Wie es aussieht, baut der Staat jede Menge Sozialwohnungen. Wäre es nicht besser, dass du dich für so eine Wohnung bewirbst, auch wenn sie etwas außerhalb liegt?«

Meine Tochter ist nicht fest angestellt. Sie arbeitet, hat aber kein dauerhaftes Beschäftigungsverhältnis. Früher ging es einem von zehn Leuten so, später dreien von zehn. Nach und nach stieg der Anteil und liegt nun bei sechzig bis siebzig Prozent. Die Betreffenden haben weder Anspruch auf eine Sozialwohnung, noch gelten sie als kreditwürdig.

Dass es so viele sind, die mittlerweile so leben, ist wenig tröstlich. Vielmehr bin ich schockiert und verwirrt, dass meine Tochter dazugehört. Bei dem Gedanken fühle ich mich jedes Mal gleichermaßen enttäuscht wie schuldig. Womöglich hat meine Tochter zu lange studiert. Besser gesagt, habe ich sie wohl dazu getrieben, zu viel Überflüssiges zu lernen. Ich glaube, sie hat durch das exzessive Studium Dinge gelernt, die sie nicht braucht und nie hätte lernen sollen.

Zum Beispiel, wie man die Welt permanent kritisch hinterfragt. Wie man sich weigert, die Realität zu akzeptieren.

»Glaubst du, ich wäre zu dir gekommen, wenn das so einfach wäre? Ich habe mich überall erkundigt. Mama, ich muss morgen bis sieben Uhr an der Uni sein und mich außerdem auf die Vorlesungen vorbereiten.«

Vor dem Fenster erschallt Gelächter. Jemand hat wohl seinen Fernseher aufgedreht. Stumm starre ich sie an und entdecke Angst, Müdigkeit und Ärger in ihrem Gesicht.

»Dann bleib heute Nacht bei mir. Du kannst von hier aus direkt zur Arbeit gehen«, sage ich.

Meine Tochter reibt sich die Augen. Sie wirkt erschöpft. Leise sagt sie: »Mama, es tut mir wirklich leid, aber dies ist das letzte Mal. Mein Vermieter wird allmählich penetrant, ich muss mich bis nächste Woche entscheiden. Ich schaffe es einfach nicht, weiter nach einer anderen Wohnung zu suchen.«

Warum klingen ihre Worte manchmal wie Drohungen? Warum macht ihr niedergeschlagener Gesichtsausdruck einen viel stärkeren Eindruck auf mich, als wenn sie verärgert ist oder mich gar anschreit? Ist sie sich dessen bewusst? Sie nimmt ihr Handy und geht in die Küche, von wo ich gedämpft ihre Stimme höre. Eine verbindliche und sanfte Stimme. Ein verstohlenes Lachen. Das Privatleben meiner Tochter, das ich so gerne komplett ausblenden würde.

Sie ist ein Geld verschlingendes Nilpferd. Wenn sie anruft, rutscht mir jedes Mal das Herz in die Hose.

Ich höre förmlich, wie mein Mann vor sich hin brummelt. Zugleich wusste er vor Freude nicht, wie er sich verhalten sollte, wenn ihn seine Tochter von Zeit zu Zeit besuchte. Sie spricht heute gar nicht mehr über ihren verstorbenen Vater. Sie scheint keine Zeit zu haben, zurückzublicken, vollauf damit beschäftigt, die Gegenwart zu bewältigen.

Plötzlich habe ich das Bedürfnis, mich bei ihr dafür zu entschuldigen, dass ich länger leben könnte als erwartet. Vielleicht würde mich das eine Weile von ihrer Quengelei befreien.

Aber wahrscheinlich wird es nie enden, bis diese Wohnung verloren ist oder ich sterbe. Sie wird nie damit aufhören.

»In Ordnung«, sage ich laut. »Ich gehe morgen zur Bank und erkundige mich danach, wie viel Hypothek ich auf das Haus aufnehmen kann. Und wie hoch die Zinsen sind«, sage ich wie zum Zeichen der Kapitulation.

»Danke, Mama.«

Am nächsten Tag schleiche ich in aller Frühe in das Zimmer meiner Tochter und setze mich auf den Rand des Betts. Ich fasse ihren Fuß, der aus ihrer Schlafanzughose ragt, und streichle ihr weißes Bein. Der gesunde und starke Körper einer Frau in den Dreißigern. Doch meine Tochter weiß nicht, welchen Schatz sie besitzt.

Mit dreißig heiratete ich deinen Vater, und ein Jahr später kamst du zur Welt. In der Nacht, als die Wehen kamen, rief ich ein Taxi und fuhr in die Klinik, allein. Erst zwei Wochen später erhielt ich Nachricht von deinem Vater, der mitten in der Wüste feststeckte. Er rief mich von einer Baustelle in einem fernen Land an. Das war der Moment, an dem wir deinen Namen festlegten. Mir hat er nicht unbedingt gefallen, dennoch erklärte ich mich einverstanden, dich so zu nennen. Er tat mir leid, weil er ständig ins Ausland reisen musste, um Geld zu verdienen. Ich wollte ihm durch meine Zustimmung das sichere Gefühl geben, dass unsere kleine Familie eine uneinnehmbare Festung war. Gedankenversunken sitze ich bei ihr, als sich meine Tochter umdreht. Ich blicke auf meine Uhr und konzentriere mich einen Moment lang darauf, ruhig zu atmen. Es ist noch früh, ich kann sie noch eine Weile schlafen lassen.

Ich erinnere mich daran, wie ich dich nachts im Arm gehalten habe und das Haus um mich herum immer größer wurde. Ein unheimliches Gefühl von Einsamkeit und absoluter Stille, das mich verschlang. Besonders ausgeprägt war dieses Gefühl nach den seltenen Besuchen deines Vaters, er kam ja nur ein paar Mal im Jahr. Du hast ihn nie erkannt, bis du fünf warst. Wenn er sich dir mit seinen behaarten Armen und Beinen näherte und anfing, mit seiner tiefen Stimme zu sprechen, bekamst du vor Schreck einen fürchterlichen Weinkrampf. Dann hast du dich hinter dem Sofa versteckt, sodass nur dein Gesicht hervorlugte, und ihn angestarrt. Kaum hattest du dich ihm geöffnet und seine Nähe gesucht, musste er uns wieder verlassen, mit zwei bis drei Koffern, die größer waren als du.

Ich höre Vögel zwitschern. Jemand im ersten Stock hat wohl die Fenster geöffnet und bereitet sich auf den neuen Tag vor. Der junge Mann schläft vermutlich noch, also muss es die Mieterin nebenan sein. Das Quengeln ihres Kindes. Danach eine kräftige Schelte.

»Wie spät ist es?«, will meine Tochter wissen, die Augen halb geöffnet. Ich sage ihr, es sei Zeit zum Aufstehen, und gehe aus dem Zimmer.

In der Küche schenke ich ein Glas Milch ein und schlage zwei Eier in die Pfanne. Meine Tochter kommt und setzt sich an den Esstisch. Ich muss an eine Zeit denken, an die sie sich nicht erinnern kann. Sehr alte Erinnerungen. Einige Szenen habe ich immer noch frisch und lebhaft vor Augen. So klar, als lägen sie erst wenige Tage zurück. Meine Tochter sticht mit der Gabel in das Eigelb, streut dann etwas Salz darauf und beginnt zu essen.

»Wie wäre es, wenn du einfach bei mir einziehst?«, frage ich plötzlich.

Meine Tochter kaut weiter ihr Ei, ohne eine Regung zu zeigen, als hätte sie mich nicht gehört. Nach einer Weile schnappt sie sich einen gelben Aktendeckel vom Tisch und schiebt einen Stoß Ausdrucke hinein, bevor sie schließlich erklärt: »Ich werde es ansprechen. Ich kann das doch nicht allein entscheiden.«

Ich trete eilig ans Spülbecken, um ihre nächsten Worte nicht hören zu müssen, lasse das Wasser laufen und stelle Geschirr ins Waschbecken. Die Tassen und leeren Teller stoßen wegen meiner Nervosität zusammen und scheppern laut.

Meine Tochter erhebt sich vom Stuhl und lässt die Hälfte der Milch stehen. »Geh bitte trotzdem unbedingt zur Bank, Mama, und sag mir Bescheid, wie es gelaufen ist. Ich warte darauf.«

Ich höre die Eingangstür zuschlagen, und mir entschlüpft ein: »Diese blöde Ziege!«

•

Das Leben meiner Tochter hat sich aus meinem heraus entwickelt. Lange Zeit galt ihr meine bedingungslose Zuneigung und Fürsorge. Aber jetzt verhält sie sich, als ginge ich sie nichts an, als sei sie aus dem Nichts geboren, von allein herangewachsen und volljährig geworden. Sie beurteilt und beschließt alles allein. Ab irgendeinem Punkt begann sie, mich lediglich über ihre Entscheidungen in Kenntnis zu setzen. Es gibt sogar eine Menge Dinge, die sie gar nicht mit mir teilt. Ich weiß es trotzdem und spüre täglich, wie das Ungesagte, vor dem ich die Augen verschließe, zwischen uns ruhig und emotionsfrei dahinfließt.

»Es ist nur, weil du dich gar nicht mehr gemeldet hast, Mama. Warst du bei der Bank?«, fragt meine Tochter. Ihr Anruf erreicht mich, als ich abends aus dem Pflegeheim trete. Ich versuche, ihr möglichst detailgetreu Fachbegriffe wie Kreditlimit, variabler Zinssatz und Prolongationsfrist darzulegen. All das, was der Bankangestellte mir erklärt hat. Für welches

Darlehensangebot ich mich auch entscheiden würde, es gäbe eine Menge Hürden zu überwinden. Die Sicherheiten wären schwer aufzutreiben.

Mein Ohr am Handy glüht geradezu. Die Stimmen der Menschen um mich herum, die vor der Hitze in den Häusern nachts auf die Straße flüchten, lenken mich immer wieder ab. Junge Menschen, die ihr Leben einfach vertrödeln, weil sie nicht wissen, wohin mit ihrer Freizeit. Ich kann nicht umhin zu bemerken, dass hier wertvolle Lebenszeit einfach so vergeudet wird.

»Dann zieh eben vorübergehend zu mir«, schlage ich resigniert vor.

»Ist das dein Ernst?«, fragt meine Tochter.

»Natürlich, du bist immerhin meine Tochter. Warum also nicht?« Ich betone das, um eine klare Linie zu ziehen. Sie durchschaut sofort, worauf ich hinauswill: dass das Angebot sich ausschließlich auf sie selbst bezieht.

»Mama.« Meine Tochter zögert kurz, doch dann fährt sie entschlossen fort. »Dann werden wir einziehen. Wirklich nur vorläufig. Es ist nur für kurze Zeit. Bis ich genug Geld zusammenhabe. Ich werde mich an der Grundsteuer beteiligen und Miete bezahlen. Mach dir darüber keine Sorgen. Gleich fängt mein Kurs an. Ich muss jetzt aufhören.«

Wir? Ich hatte keine Gelegenheit, etwas zu entgegnen, sie hatte schon aufgelegt. Ich wische den Schweiß vom glitschig gewordenen Display und drücke mehrmals die Wahlwiederholung, aber das Freizeichen ertönt jedes Mal so lange, bis die Verbindung automatisch abgebrochen wird.

•

Der Tag, an dem meine Tochter einzieht, ist ein Feiertag.

Ich verlasse das Haus in aller Frühe. Es liegt in einer langen, schmalen Gasse, die durch zwei Reihen sich gegenüberstehender Häuser gebildet wird. Auf der anderen Straßenseite kehrt ein Mann mit einem Besen seine Haustür ab und grüßt freundlich. Er hat einen dicken Bauch und eine Halbglatze, aber seine Stimme klingt kräftig und selbstbewusst.

»Sie gehen früh aus.« Der Mann lächelt.

Ich habe niemandem in meiner Nachbarschaft gesagt, wo ich arbeite. Aber die meisten wissen wohl, dass ich einer Beschäftigung nachgehe. Ich sehe mich genötigt, ein paar höfliche Worte mit ihm zu wechseln, bevor ich mich nach einer Weile von ihm verabschiede. Er und seine Frau sind den ganzen Tag zu Hause und werden höchstwahrscheinlich bemerken, wenn meine Tochter und das Mädchen eintreffen. Die neugierigen Nachbarn werden herüberkommen und sie ansprechen, während die beiden Mädchen herumalbernd ihr Gepäck entladen. Das Ehepaar wird die Neuigkeiten mit ziemlicher Sicherheit im ganzen Viertel verbreiten. Auch ihren erwachsenen Kindern werden sie es brühwarm erzählen, wenn diese mit ihren Familien am nächsten Feiertag zu Besuch kommen. Natürlich sind sie selbst die Vorzeigefamilie schlechthin. Während meine Gedanken um diese Befürchtungen kreisen, lasse ich mich auf eine Parkbank fallen. Ich sitze kerzengerade, und mein Blick folgt den Passanten, von denen manche mit grotesk ausladenden Armbewegungen vorbeieilen. Ich verspüre keinerlei Lust, mich zu bewegen.

Als ich gegen Abend zurückkomme, parkt ein Fahrzeug vor dem Hoftor. Ein roter Kleinwagen, der scheint, als wäre er mit zwei Personen schon voll. Das Tor steht halb offen, als ob es nicht recht wisse, ob es geschlossen gehört oder geöffnet.

Ich drücke es weit auf und trete hindurch, da bemerke ich

jemanden, der still vor der Eingangstür gesessen hat und nun hastig aufsteht. Wegen der Straßenlaterne hinter dem Hof erscheint die Gestalt wie ein dunkler Schemen.

»Guten Abend.«

Das ist sie. Größer gewachsen als meine Tochter und schlanker. Ein kleines, blasses Gesicht. Auf den ersten Blick wirkt sie nicht koreanisch. Wie eine Europäerin, mit ihrem schmalen Kopf und den langen Gliedmaßen.

»Green kommt etwas später, weil sie noch zu tun hat. Ich sollte schon mal vorgehen. Deshalb bin ich hier. Ich habe von ihr zwar die Schlüssel bekommen, aber ich dachte, es wäre unpassend, einfach so in die Wohnung zu gehen.«

Sie steht abwartend da, als wisse sie nicht recht, wie sie dreinblicken soll, welche Körperhaltung angebracht ist und was sie sagen muss. Laut schließe ich das Hoftor, steige die drei Stufen zur Wohnung hinauf und öffne die Eingangstür.

»Lassen Sie Ihr Gepäck hier draußen.«

Ich habe noch nichts entschieden. Ich bin noch nicht bereit, diese Person, die ich nicht kenne, in meine Wohnung aufzunehmen. Genau genommen habe ich diese Entscheidung schon vor langer Zeit getroffen. Sie ist unumstößlich. So jemand kommt mir nicht ins Haus.

Dennoch sage ich widerwillig: »Sie können für einen Moment hereinkommen.«

Es hilft, wenn ich sie mir als jemanden vorstelle, der bei diesem schwülen Wetter das Gepäck meiner Tochter hergebracht hat. Ich hole ein Glas Wasser mit Eiswürfeln und stelle es auf den Tisch. Die runden Eiswürfel stoßen im Glas aneinander und verursachen ein klirrendes Geräusch. Das Mädchen trägt Jeans und ein weißes T-Shirt und wirkt drei, vier Jahre jünger als meine Tochter. Ihr verschwitzter Pony klebt nachlässig an der Stirn. Wo um alles in der Welt hat meine Tochter diese Person kennengelernt? In einem Alter, in dem andere nach einem tüchtigen, starken Mann suchen – ab wann lief es schief im Leben meiner Tochter?

»Ist das alles?«, frage ich.

»Das Bücherregal war zu alt, das haben wir entsorgt. Ebenso wie etliche Kleider und Bücher. Der Kühlschrank und die Waschmaschine gehörten nicht uns, sondern waren Teil des Inventars.«

Wir reden miteinander, doch eigentlich hält jede von uns einen Monolog, dem Blick der anderen ausweichend. Schnell geht uns der Gesprächsstoff aus, und Stille senkt sich über den Raum. Müdigkeit übermannt mich. Meine Augen sind trocken. Ich schließe sie für einen Moment, ohne mich zu rühren. Ticktack, ticktack. Das Ticken wird allmählich lauter.

Da kommt mir eine Erinnerung.

»Wer sind Sie?«, frage ich.

»Wer sind Sie?« Meine Stimme wird lauter.

Das Mädchen, das mit dem Rücken zur Wand vor dem Krankenzimmer sitzt, springt erschrocken auf. Dann nennt sie erstaunlich ruhig ihren Namen und erklärt, warum sie hier ist. Ich weiß, wer sie ist, aber das Einzige, was mich an diesem Kräftemessen interessiert, ist, dass sie uns in Ruhe lässt. Ja, dass sie sich nie mehr bei uns blicken lässt.

»Danke, aber Sie hätten wirklich nicht herkommen müssen. Diese Angelegenheit betrifft nur unsere Familie.«

Mit dem Schlagwort Familie errichte ich ein Bollwerk, das das Mädchen vertreiben soll. Automatisch nickt sie, als gebe sie mir recht, aber sie zieht sich nicht zurück.

»Ich habe bloß einen Abstecher gemacht, weil Green sagte, sie sei in Sorge um ihn.«

Green. Es gefällt mir nicht, dass sie meine Tochter so nennt. Wie respektlos es doch ist, den Namen, den man von den Eltern erhalten hat, gegen lächerliche Spitznamen einzutauschen. Ihr T-Shirt ist durchgeschwitzt. Wahrscheinlich hat sie meinem Mann geholfen, sich im Bett anders zu lagern. Dennoch bringe ich kein Wort des Dankes über meine Lippen.

»Kommen Sie gut nach Hause. In Zukunft müssen Sie sich nicht extra herbemühen.«

Ich betrete das Krankenzimmer und schließe die Tür hinter mir. Sie lungert noch im Flur herum, durch das matte Glas im Türrahmen erkenne ich ihre Silhouette. Unruhig beobachte ich sie weiter. Nach einer Weile öffnet sich die Tür, und das Mädchen tritt ein. Sie packt ihre Tasche, die auf dem Fensterbrett liegt, wirft einen Blick auf meinen schlafenden Mann und teilt mir mit, dass er eine Stunde zuvor zwei Bananen und einen Joghurt gegessen hat. Ich stelle den Luftbefeuchter ein und wische geräuschvoll über den Stuhl, auf dem sie vermutlich gesessen hat. Sie verlässt das Zimmer ohne eine Antwort oder einen Gruß von mir. Auf dem Sideboard sehe ich eine Banane und einen Joghurt, die ich beide in den Mülleimer befördere. Das ist kein Traum. Es ist eine Erinnerung.

Es lässt sich nicht leugnen, das Mädchen ist offenbar die Lebensgefährtin meiner Tochter.

Das Ganze ist schon fünf Jahre her. Oder sind es drei? Ich kann mich nicht genau erinnern. Sie kam danach noch oft ins Krankenhaus. Wenn wir aufeinandertrafen, packte sie schweigend ihre Sachen und verließ wortlos den Raum. Ansonsten hielt sie am Bett meines Mannes Wache, allein oder mit meiner Tochter. Auch an dem Tag, an dem seine Überreste in einem Beinhaus beigesetzt wurden, stand sie da, wo ich sie sehen konnte, neben meiner Tochter.

Das gleiche Mädchen, das jetzt vor mir sitzt.

»Was machen Sie beruflich?« Wieder bin ich es, die das Schweigen bricht.

»Ich lerne kochen. Ich arbeite in einem kleinen Restaurant. Ab und zu schreibe ich Artikel und fotografiere.«

Ich habe Schwierigkeiten, zu atmen. Das liegt nicht nur an der schwülen Luft im Wohnzimmer. Ich öffne das Fenster sperrangelweit und schalte den Ventilator ein, da ich plötzlich Hitzewallungen habe, als sei ich noch in den Wechseljahren.

»Artikel?«

»Es sind nur Werbeartikel. Kurze Berichte, in denen gute Restaurants vorgestellt werden.«

Schwere, feuchte Luft strömt herein und kündet von einem Regenschauer.

»Haben Sie ein festes Einkommen? Womit bezahlen Sie Ihre Miete und den Lebensunterhalt?«

Ihre Augen, die meinem Blick bislang erfolgreich ausgewichen sind, richten sich endlich widerstrebend auf mich. Ihre Miene verrät, dass sie zögert, mir zu antworten. Dann verändert sich der Ausdruck, als suche sie angestrengt nach den richtigen Worten. Sie öffnet ihre Umhängetasche und holt ein großes, dünnes Buch heraus. Auf dem Umschlag sind bunte Teller und frische Zutaten abgedruckt. Sie öffnet das Buch, schreibt etwas auf die erste Seite und schiebt es mir zu.

Für Greens Mutter

Als ich in dem Buch blättere, tauchen die Namen der Personen auf, die daran mitgewirkt haben, der Reihe nach dicht an dicht aufgelistet. Die Buchstaben sind so klein, dass sie wie zufällig verstreute Reiskörner aussehen. Während ich mit zusammengekniffenen Augen nach ihrem Namen und Lebenslauf suche, erklärt sie:

»Green sagte mir, dass Sie Ihr Einverständnis gegeben hätten, und ich dachte, alles sei geregelt, nur deshalb bin ich hier. Entschuldigen Sie, wenn ich Sie verärgert habe.«

»Zuallererst, meine Tochter heißt nicht Green.«

Das Mädchen hebt für einen Moment den Kopf, und unsere Blicke treffen sich. »Natürlich. Ich bin nur so daran gewöhnt, sie so zu nennen.«

Ich klappe das Buch zu und schiebe es wieder zu ihr zurück.

»Die Summe für die Einmaleinlage der alten Wohnung hatten Green und ich gemeinsam zusammengespart. Dann brauchte Green dringend Geld und hat unser Konto geleert. Seit letztem Jahr bezahlen wir stattdessen monatlich Miete. Daher bleibt mir jetzt keine andere Wahl. Wenn es einen anderen Weg gäbe, wäre ich nicht hier.«

Fragen über Fragen wirbeln mir durch den Kopf. Bis gerade eben hatte ich keine Ahnung, wie die beiden zu einer gemeinsamen Wohnung gekommen waren. Genauso wenig wusste ich, wer sich mit welchem Anteil daran beteiligt hatte und wie sie ihren Lebensunterhalt bisher bestritten haben. Ich hatte meiner Tochter damals für die Einlage der Wohnung eine beträchtliche Summe zur Verfügung gestellt. Anscheinend habe ich dadurch in gewissem Maße zu ihrem Lebensunterhalt beigetragen. Ich frage nicht, warum meine Tochter das Geld abgehoben hat und wie viel es war. Auf diese Weise mache ich deutlich, dass ich weder einen Grund noch die Absicht habe, mich da einzumischen.

»Ich will nicht Green die Schuld an unserer Situation geben. Wir werden irgendwie einen Weg finden, zusammen zu sein. Auch wenn wir unser gesamtes Hab und Gut da draußen wegwerfen müssen.«

Kaum hat sie sich erhoben, um zu gehen, fallen erste Regentropfen und entwickeln sich rasch zu einem Wolkenbruch. Ich höre von draußen die Kinder aus dem ersten Stock nach ihrer Mutter rufen. Also sage ich zu dem Mädchen, das gerade an der Haustür in die Schuhe schlüpft:

»Bringen Sie das Gepäck rein, bevor es nass wird. Sie können hierbleiben, bis es aufhört zu schütten.«

Durch den strömenden Regen zieht sie schweigend die Koffer hinter sich her. Sie ist entweder wütend oder erleichtert. Im Nu ist sie von Kopf bis Fuß durchnässt. Ich gebe ihr ein trockenes Handtuch.

Wie kann man sich so leichtfertig Geld borgen, ohne zu wissen, wie und wann man es zurückzahlen kann?

Mir kommt der Gedanke, dass das inakzeptable Verhalten meiner Tochter letztendlich meine Schuld ist. Zugleich bin ich aber der Überzeugung, dass die beiden mit über dreißig in der Lage sein sollten, das unter sich zu regeln. Die Gedanken spielen in meinem Kopf lautstark Pingpong.

Kein Wunder, dass ich Kopfschmerzen bekomme.

•

Vielleicht ist das alles aber auch nur ein raffinierter Trick, und die beiden erwachsenen Kinder sind nichts als schlaue Betrüger. Vielleicht hat man ihnen in der Schule beigebracht, wie man wirkungsvoll auf die Tränendrüse drückt, statt mit der Faust zu drohen. Bin ich ein ahnungsloses Opfer, das von den beiden übers Ohr gehauen wird, oder haben sich die Dinge tatsächlich so entwickelt? Im Moment bleibt mir jedenfalls nur übrig, das vermeintlich Unvermeidbare zu akzeptieren.

»Wollen Sie Kaffee?«

Ich muss dem Mädchen nun jeden Morgen in der Küche begegnen. Rain. Laut ausgesprochen habe ich den Namen noch nicht.

»Ich hoffe, wir sehen uns möglichst selten. Zumindest morgens.« Das hatte ich ihr gleich nach dem Einzug unmissverständlich mitgeteilt.

Das war vor ein paar Tagen, genau an dieser Stelle. Kaffee-duft erfüllte die Küche, ein Röstaroma, stark und berauschend. Sie sah mich nur kurz an und fuhr dann fort, den Kaffee aufzu-brühen. Nach einer Weile hatte sie zwei Tassen Kaffee zubereitet und stellte eine davon auf den Esstisch.

»Um zehn Uhr geht mein Dienst los. Daher stehe ich immer um diese Zeit auf. Dann brauche ich einen Kaffee.«

Es waren jedoch nicht ihre dreisten Worte und ihr unhöfliches Benehmen, die mich zum Schweigen brachten.

»Wie Sie wissen, steure ich meinen Anteil zu der monatlichen Miete und den Kosten für den Lebensunterhalt bei. Ich habe sogar vier Monatsmieten im Voraus bezahlt. Da Ihnen die Situation unangenehm ist, werde ich mich zurückhalten, aber ich denke, Sie sollten auch wissen, dass ich dadurch gewisse Rechte habe.«

Natürlich stimmte das, was sie sagte.

Nachdem sie die Küche verlassen hatte, kehrte ich flucht-artig in mein Zimmer zurück. Aufgewühlt saß ich auf der Bettkante und dachte über ihre Worte nach. Miete, Lebenshaltungskosten, Rechte. Ich dachte an meine Autorität, die ich gegen Geld eingetauscht hatte. An meine Eignung als Mutter, an die Scham und die Verachtung, die meine Grundfeste erschüttern. Der Raum, der mir bleibt, um mich wohlzufühlen, wird immer kleiner. Wie ein Bogen Papier, den man wieder und wieder auf die Hälfte faltet. Dann eines Tages werden meine Tochter und das Mädchen bemerken, dass ich nicht mehr da bin. Nicht, dass ich selbst verschwände. Nur der Ort, an dem ich stehe, wird sich in Luft auflösen. So werde ich zur Unsichtbaren. Nein. Wahrscheinlich werden sie das nicht einmal wahrnehmen.

Seither verzichte ich auf das Frühstück.

Ich kann mich nicht erinnern, warum ich in die Küche gegangen bin. Während ich sinnend dastehe, bringt mir das Mädchen eine Tasse Kaffee und Apfelschnitze. Dann, als habe sie ihrer Pflicht Genüge getan, blättert sie in ihren Notizzetteln und liest konzentriert.

Ich weiß, worüber die beiden in der letzten Nacht gesprochen haben. Sie dachten wohl, ich schliefe (oder sie taten, als sei ich nicht da), als sie auf dem Sofa im Wohnzimmer saßen und sich leise unterhielten, unterbrochen nur von dem Klirren ihrer Gläser, die vermutlich Bier enthielten.

»Sollen wir noch mal hochgehen?«, fragte meine Tochter.

»Warten wir noch«, antwortete das Mädchen.

»Was hältst du davon, was dieser Typ gesagt hat? Familienangelegenheit, wie? Wir sollen uns um unseren eigenen Dreck kümmern? Was für ein Mistkerl! Keiner von denen, die das alles mit angehört haben, hat auch nur ein einziges Wort erwidert, nicht einmal die Polizisten. Jeder weiß, was los ist, trotzdem glauben sie, es würde schon alles gut, wenn sie sich nur taub stellen? Was soll das? Sollen wir einfach den Mund halten und zur Tagesordnung übergehen, oder was?«

Es ging um den Mann im ersten Stock. Der Streit zwischen dem Ehepaar dort hatte am Abend begonnen und war immer lauter geworden, bis er schließlich auch unten deutlich zu hören war. Ich habe versucht, meine Tochter zurückzuhalten, und erklärt, das sei nichts Außergewöhnliches, doch sie hat sich losgemacht und darauf bestanden, hochzugehen.

»Wer bist du denn? Was willst du? Mach die Tür zu! Verschwinde, hörst du nicht?«, hörte ich den Mann toben, ging in den Hof, legte den Kopf in den Nacken und rief nach oben.

»Das ist meine Tochter. Schatz, komm wieder runter! Entschuldigen Sie, aber wie können Sie so herumbrüllen, mitten in der Nacht? Alle anderen verhalten sich ruhig. Schatz, hab ich dir nicht gesagt, dass du runterkommen sollst?«

Für einen Moment herrschte Stille.

»Junges Fräulein, das ist eine Familienangelegenheit. Sie brauchen hier nicht herumzustehen und mir Moralpredigten zu halten.«

Die Stimme des Mannes verriet, dass er seinen wallenden Zorn nur mit Mühe im Zaum halten konnte. Meine Tochter fuhr dazwischen, als hätte sie nur darauf gewartet.

»Mann. Ihre Kinder sehen zu. Wie können Sie denken, das ginge niemanden etwas an? Menschen zu schlagen, ist eine Straftat. Häusliche Gewalt ist eben auch Gewalt. Kann niemand hier die Polizei holen? Schauen Sie doch nicht einfach zu, rufen Sie die verdammte Polizei! Was macht ihr denn bloß? Herumstehen und glotzen! Das geht euch nichts an, oder? Verdammt, das geht wirklich zu weit!«

Es dauerte lange, bis die Polizei schließlich kam. Während die Signalleuchten des Streifenwagens blinkten und die Sirene die ruhige Gasse aus ihrem Schlaf riss, regte sich meine Tochter gegenüber den Polizisten auf und wurde erneut laut. Kaum hatte ein Beamter seinen Satz beendet, wonach die Polizei sich nicht in jeden kleinen Familienstreit einmischen könne, insbesondere da die Ehefrau von einer Anzeige absehen wolle, sprang das Mädchen meiner Tochter zur Seite.

»Der Täter steht unmittelbar vor ihr. Wer traut sich schon, unter diesen Umständen Anzeige zu erstatten? Bitte unternehmen Sie etwas, finden Sie heraus, was passiert ist, anstatt Ihre Hände in den Schoß zu legen.«

Wir leben in einem kleinen Viertel. Ich wünschte, meine Tochter und ihre Partnerin würden nicht so einen Lärm veranstalten und die Aufmerksamkeit aller Leute auf sich ziehen. Ich hoffte inständig, sie würden endlich davon ablassen, was bei dem Ehepaar und ihren Kindern vor sich ging. Die jungen Leute haben doch keinen Schimmer, was es heißt, eine Ehe zu führen und Kinder großzuziehen. Und sie schämen sich nicht einmal dafür, dass sie davon nichts wissen. Sie denken nicht eine Sekunde darüber nach, wer sich hier wirklich schämen sollte. Nachdem ich mir ein Bild von der aufgeregten Menschentraube in der Gasse jenseits unseres Hofs verschafft hatte, kehrte ich in die Wohnung zurück, schloss die Zimmertür und legte mich hin.

Nach dem ganzen Aufruhr war es kein Wunder, dass mich die flüsternden Stimmen meiner Tochter und des Mädchens aus meinem oberflächlichen Schlaf weckten.

»Es ist so leicht, wegzusehen. So bequem. Niemand braucht sich dann die Mühe zu machen, herauszufinden, was wirklich los ist. Stattdessen können sie einfach behaupten, sie hätten keine Ahnung gehabt.«

»Genau! Diese Gesellschaft ist wirklich abstoßend. Einfach unglaublich. Erwachsene Menschen sollten doch ein Mindestmaß an Mitgefühl besitzen. Wie kann dieser Typ so rumbrüllen, obwohl seine Kinder verängstigt weinen? Und die ganzen Schaulustigen? Das ist doch nicht zu ihrer Unterhaltung! Sie hören alles, aber unternehmen nichts. Unfassbar.«

»Sprich leiser. Du weckst noch deine Mutter.«

Meine Tochter hat sich in Rage geredet, die Stimme des Mädchens klingt im Gegensatz dazu eher kühl. Hitze steigt auf, Kälte sinkt zu Boden. Stellt man das bildlich dar, wird daraus ein Kreis. Würde man die Stimmen mischen, könnte das eine angenehme Temperatur ergeben.

Wie stellen sich die beiden unsere Welt eigentlich vor? Glauben sie wirklich, ihr Leben sei etwas Außergewöhnliches und Großartiges, wie aus einem Hochglanzprospekt? Halten sie die Welt für etwas, das man komplett ummodeln kann, wenn nur eine Handvoll motivierter Menschen gemeinsam mit anpacken?

Der Weckalarm eines Handys ertönt, und kurz darauf erscheint meine Tochter in der Küche.

»Ich bin wohl wieder die Letzte. Mama, gehst du etwa schon? So früh? Was denn, ihr trinkt den Kaffee ohne mich?« Meine Tochter wirft mir einen flüchtigen Blick zu und legt eine Hand auf die Schulter des Mädchens, die Andeutung einer Umarmung.

Ich wende reflexartig den Kopf ab und versuche nach Kräften, nicht angewidert zu erscheinen.

»Ich mache einen Abstecher in die Kirche«, sage ich, hole tief Luft und füge hinzu, »und gehe dann zum Dienst. Kümmere dich nicht um mich, sondern um deine Arbeit.« Wie ein Idiot rede ich mit dem Kühlschrank.

»Kirche? Du gehst noch in die Kirche? Hast du mir nicht erzählt, dass du damit aufgehört hast?«, murmelt meine Tochter. Sie hat ein Knie zu sich herangezogen, den Fuß auf ihrem Stuhl.

»Wenn ich nicht gerade todkrank bin, besuche ich sie regelmäßig«, sage ich bestimmt. Was eine Lüge ist. Ich gehe hinter meiner Tochter, die an den Zehen ihres angewinkelten Beins herumspielt, vorbei aus der Küche. Während ich im Schuhschrank nach etwas Passendem suche, kommt das Mädchen her und überreicht mir eine hohe Thermoskanne und eine kleine Dose.

»Hier ist Kaffee drin, und das ist für Ihre Pillen. Auf dem Deckel stehen die Wochentage. So kommen Sie nicht mehr durcheinander, denke ich.«

Sie muss mich murmeln gehört haben, als ich überlegte, ob ich meine Tabletten schon eingenommen habe oder nicht. Gezwungenermaßen greife ich nach den Sachen und verlasse das Haus. Farbe und Haptik der Thermoskanne machen einen hochwertigen Eindruck. Auch die Pillendose mit den verschiedenen Fächern wirkt nicht billig. Ich breche zu Fuß in Richtung Kirche auf und poliere im Gehen beides gründlich mit dem Taschentuch. Zum Wegwerfen sind die Gegenstände zu schade, und irgendwann würde ich Geld ausgeben, um so etwas zu kaufen. In der Nähe des Kircheneingangs stehen ein paar Leute ins Gespräch vertieft. Ich warte, bis sie gegangen sind, und betrete dann das Gebäude.

»Ich habe gehört, deine Tochter ist bei dir eingezogen, stimmt das? Ach wie nett.«

Das Eck, in dem ich in der kleinen Kapelle sitze, ist ein miserables Versteck, und ich werde umgehend angesprochen.

»Wie froh du sein musst. Das hat sie wohl für dich gepackt.«

Meine Bekannten erspähen sofort jede noch so kleine Veränderung an mir wie die hohe, glänzende Thermoskanne anstelle der gewohnten Plastikflasche in einer Hand. Oder den kleinen, leichten Regenschirm und das putzige Handtäschchen in der anderen. Meine Brosche aus Spitzenblumen. Das Foto von mir und meiner Tochter als Hintergrundbild meines Smartphones.

»Ihre Tochter ist doch Professorin an der Universität, nicht wahr?«

»Tatsächlich? Prächtig erzogen! Was für ein Segen. Es gibt keine größere Gnade als Kinder, die es zu etwas gebracht haben.«

Es ist, als habe jemand auf einen Knopf gedrückt, und alle fangen an, ohne Unterlass vor sich hin zu plappern und dabei maßlos übertriebene Behauptungen aufzustellen. Wissen diese Leute etwa, dass ich nicht gekommen bin, um zu beten? Oder versuchen sie nach Kräften, mich davon abzuhalten, mich bei meinem Schöpfer zu beklagen, warum er ausgerechnet mir diese schwere Prüfung auferlegt hat?

Mir liegt auf der Zunge, dass meine Tochter nur eine Lehrbeauftragte ist, die den ganzen Tag eine bleischwere Tasche voll rätselhafter Papiere und Bücher durch die Gegend schleppt. Die Worte drohen mich zu zerreißen. Dass sie ein armes Kind ist, das in einem kleinen Auto die mitgebrachte Brotzeit essen muss, permanent müde ist, weswegen sie ein Nickerchen macht, wann immer sich die Gelegenheit bietet, und jeden Abend, begraben unter Büchern und Papieren, am Schreibtisch einschläft. Sätze drohen jeden Augenblick aus mir herauszubrechen, die verkünden, dass dieses Kind außerdem ein unbekanntes Mädchen angeschleppt hat, das meine Wohnung, mein Allerheiligstes, beschmutzt, auch wenn sie Miete zahlt.

Inmitten der emsig plappernden Leute werfe ich einen verstohlenen Blick auf den Altar.

Als mir auffiel, dass die Person, von der die nächtlichen Anrufe und die Briefe stammten, eine Frau war, sah ich keinen Grund, meine Tochter darauf anzusprechen. Das war doch normal für junge Mädchen. Als sie dann mit dem Studium anfing und in eine eigene Wohnung zog, häuften sich die Anzeichen, doch auch da gab ich mir Mühe, diese zu ignorieren, selbst wenn das immer schwieriger wurde. Inzwischen ist die Kluft zwischen mir und meiner Tochter womöglich so groß, dass ich nicht mehr zu ihr durchdringen kann. Habe ich die Zeit, in der ich die Dinge vielleicht noch hätte korrigieren können, nutzlos verstreichen lassen?

Regelmäßig sitze ich hier, starre den Altar an und hülle mich in Schweigen, damit niemand die Worte in mir drin belauschen kann. Worte, die aus mir herausdrängen. Sätze, die ich äußern muss. Sätze, die ich nicht äußern kann. Sätze, die ich nicht äußern darf. Ich kann mir meiner Worte nicht sicher sein. Wem kann ich sie anvertrauen? Würde mir überhaupt jemand zuhören? Worte, die weder ausgesprochen noch gehört werden sollten. Worte ohne Besitzer.

•

»Halten Sie sich hier fest. Ja, zupacken und eine Weile so bleiben. Strengen Sie sich an.«

Es dauert lange, bis ich Tsens Körper auf eine Seite gedreht habe. Mit zitternden Händen schafft sie es gerade noch, sich an der Bettkante festzuhalten. Endlich habe ich ihre Hose so weit heruntergezogen, dass ihr knochiges Gesäß zum Vorschein kommt. Die entzündete rote Stelle ist größer geworden. Nachdem ich die Windel entfernt habe, hebe ich eines ihrer dünnen Beine an. Der Geruch, der mir entgegenströmt, ist eine Mischung aus Urin und Buttersäure. Ich lege ihre Wade über meine Schulter und wasche mit einem feuchten Tuch ihren schwärzlichen Schritt. Ein paar einzelne Schamhaare klammern sich an die schlaffe dunkle Haut. Ein Körper, der nur noch den Weg des Verfalls kennt. Als ich das Gesäß mit Verbandgaze desinfiziere, ruft mich Herr Kwon.

Mitten im Flur, wo ununterbrochen Personen hin und her laufen, erklärt er mir:

»Sie müssen das nicht so oft desinfizieren.«

Ich verstehe nicht sogleich, worauf er hinauswill.

»Ich meine, Sie scheinen unterm Strich zu viele Windeln und übermäßig Wundauflagen und Feuchttücher zu verbrauchen.«

Verdächtigt mich dieser Mensch etwa, das Material für meine persönlichen Zwecke verwendet zu haben? Oder glaubt er, dass ich etwas wegwerfe, ohne es benutzt zu haben? Schnell wird jedoch klar, dass es ihm nicht darum geht.

»Verstehen Sie nicht, dass all das viel Geld kostet? Ich bitte

Sie nur, etwas sparsamer damit umzugehen. Es ist mir etwas unangenehm, das zu sagen, aber wenn man die Windeln in Streifen schneidet, reicht eine für mehrere Wechsel. Tatsächlich machen das hier alle so. Auch bei Verbandgaze kann man sich angewöhnen, keinen Millimeter zu viel zu verwenden. Mit ein wenig Mühe kann man überall sparen.«

Ich weiß selbst, dass die meisten Einrichtungen Patienten, für deren Pflege der Staat aufkommt, genau so betreuen. Auch ich habe schon in einem solchen Pflegeheim gearbeitet und war sehr darauf bedacht, möglichst sparsam mit den begrenzten Vorräten umzugehen. Alle Pflegekräfte wetteiferten darin, neue Kniffe und Tricks zu entwickeln oder sich heimlich von den Kollegen etwas abzuschauen. Da bildete ich keine Ausnahme.

Aber dieses Heim ist anders. Hier residieren alte Menschen, die die hohen Kosten selbst tragen können und ein Anrecht auf die entsprechenden Behandlungen haben. Das gilt auch für Tsen. Jeder hier weiß um die beträchtliche Summe an Fördermitteln und Spenden, die diese Einrichtung seit Tsens Ankunft erhalten hat. Das kann man leicht an der äußerst entgegenkommenden Haltung erkennen, die die Heimleitung Tsen gegenüber bislang eingenommen hat.

Dennoch antworte ich nur mit einem Nicken. Ich hüte mich, meinen Unmut leichtsinnig in Worte zu fassen. Liegt es an dem missglückten Interview? Sind die Spenden eingebrochen? Ist man zu dem Ergebnis gelangt, dass man Tsens Vergangenheit nicht mehr werbewirksam einsetzen kann, jetzt, wo ihr Gedächtnis sie im Stich lässt? Glaubt man daher, dass Tsen keinen Materialeinsatz mehr wert ist?

Zurück in Tsens Zimmer, öffne ich das Sideboard neben dem Bett. Ich kann sowieso nichts tun. All das hat nichts mit mir zu tun. Indem ich mich auf diese Weise selbst beruhige, zähle ich die Anzahl der Feuchttücher, Wundauflagen und Windeln, die noch übrig sind.

»Ist mein Bündel noch da?«, fragt Tsen.

Ich hebe das Bündel hoch und zeige ihr es. Es ist eine Sammlung von Urkunden, die Tsen vor langer Zeit erhalten hat. Abschlusszeugnisse, Auszeichnungen, Dankesbriefe. Nun liegen sie, eingewickelt in ein Umschlagtuch, inmitten schmutziger Papierfetzen. Umgeben von leeren Flaschen, Dosen und Zeitungspacken. Irgendwann hatte Tsen begonnen, solchen Müll zu sammeln und zu hüten. Sie behandelt ihn wie einen Schatz.

»Ich bewahre hier alles gut auf. Sie brauchen sich keine Sorgen zu machen.«

»Ja, hab ein Auge darauf. Ich brauche es unbedingt.« Auf Tsens Gesicht erscheint ein feines Lächeln, und die geschwungenen Falten werden wieder lebendig.

Ich bin Teil dieser Pflegeeinrichtung. Sie zahlt mir zum Monatsersten mein Gehalt. Nein, streng genommen ist mein Arbeitgeber eine Leiharbeitsfirma für Pflegepersonal. Es liegt im Ermessen dieser Firma, wie sie meine Arbeit bewertet. Sie entscheidet auch, ob mein Arbeitsvertrag verlängert wird oder nicht, sie ist diejenige, die mein Gehalt auszahlt. Mit diesen Überlegungen versuche ich lediglich, Distanz zu Tsen zu wahren und Herrn Kwons Anweisungen zu folgen.

Es ist jedoch nicht einfach, immer den letzten Cent herauszupressen und Pflegeartikel, soweit es geht, zu strecken. Vor allem ist es mir peinlich, den nassen Teil der gebrauchten Windel abzuschneiden, den Rest mit einem Stück Zeitung zu unterfüttern und schließlich mit Toilettenpapier aufzupolstern. Die entzündete Stelle an Tsens Gesäß, ursprünglich nicht größer als ein Fingernagel, ist auf die Größe einer Handfläche angewachsen. Obwohl ich weiß, dass die dunkle, gerötete Haut brennen wird, packe ich Tsen wieder in die Windel ein und ziehe ihr die Hose hoch. Bald wird sie einen Dekubitus entwickeln. Das Druckgeschwür wird seinen schwarzen Rachen öffnen und anfangen, ihr Fleisch zu fressen.

»Die alten Leute spüren den Schmerz sowieso nicht. Ihre Empfindung da unten ist schon abgestorben. Du brauchst dir nicht groß Gedanken darüber zu machen«, sagt belehrend die Frau des Professors, die kurz hereinschaut, mit einer Miene, die nahelegt, dass ich nicht kompetenter bin als alle andern. Wenn sie mich so ansieht, werde ich jedes Mal rot und weiß nicht, wohin mit meinem leuchtenden Gesicht. In dieser Hinsicht bin ich sogar schlimmer als diese sensible junge Frau, die erst seit Kurzem hier arbeitet. Alle anderen scheinen gelernt zu haben, ihre Gefühle zu Hause zu lassen. Sie wissen anscheinend genau, wie weit sie zu gehen bereit sind, und können das Private vom Beruflichen trennen. So geraten sie nicht ständig in Konflikt mit sich selbst.

Wieder zu Hause und weiterhin des Wohnzimmers und der Küche beraubt, bleibe ich in meinem Zimmer und fühle mich in meinen eigenen vier Wänden wie eine Gefangene. Eine Zeit lang höre ich Hämmern, Klopfen und Krachen von der Baustelle im ersten Stock. Kaum wird es still, ruft ein Mann oben von der Außengalerie.

»Hallo? Für heute mache ich Feierabend. Ich werde die Arbeiten übermorgen abschließen.«

Die Vorauszahlung meiner Tochter und die Viermonatsmiete ihrer Partnerin sind bereits komplett von der Reparatur der Wohnung im ersten Stock aufgezehrt worden. Da der Handwerker keine Antwort von mir erwartet, nicke ich nur schweigend. Die Sonne geht unter, und aus der Küche höre ich Geklapper. Dann klopft jemand an die Tür. Es ist das Mädchen.

»Ich habe Tomatensuppe gekocht. Möchten Sie welche?«

Ich drehe die Lautstärke des Fernsehers herunter und antworte so höflich wie möglich: »Danke nein, das ist sehr aufmerksam von Ihnen, aber ich brauche nichts.«

Die Tür öffnet sich, und sie steckt ihren Kopf herein. »Sie schmeckt nicht schlecht. Probieren Sie doch ein wenig davon. Und Sie brauchen nicht so förmlich mit mir zu reden.«

Ich winke ab, um zu zeigen, dass ich keinen Appetit habe. Müdigkeit übermannt mich. Habe ich mich heute verausgabt? Ich spüre nicht einmal Hunger. Als die beiden einzogen, wurde der Fernseher vom Wohnzimmer in mein Zimmer gebracht. War das Rücksichtnahme oder ein Signal, dass ich mich vom Wohnzimmer fernhalten soll? Bei laufender Mattscheibe döse ich immer wieder ein, bis ich schließlich in tiefen Schlaf hinübergleite. Im Unterbewusstsein nehme ich wahr, wie jemand ins Zimmer kommt, etwas sagt und etwas mitnimmt, aber ich werde nicht richtig wach. Als ich nach einer ganzen Weile meine Augen öffne und zu mir komme, ist es schon Mitternacht.

Vorsichtig öffne ich die Tür und schleiche ins Wohnzimmer. Ticktack, ticktack. Das Geräusch des Sekundenzeigers, der seine Runden dreht. Wegen der feuchten Luft kleben meine nackten Fußsohlen am Bodenbelag. Ich lasse die Toilettentür offen und setze mich auf die Schüssel. Doch dann besinne ich mich und schließe die Tür ordentlich, bevor ich Wasser lasse. Die Küche ist in ordentlichem Zustand. Der weiße Baumwolllappen riecht nach Bleiche. Das ist nie und nimmer den fleißigen Händen meiner Tochter zu verdanken, die für gewöhnlich in allem unachtsam und schlampig ist.

Vor ein paar Tagen ging meine Tochter in die Luft, nachdem ich die ganze Schmutzwäsche in einer Maschine gewaschen hatte. Sie schrie laut herum, weil sich ihre weiße Leinenbluse rosa verfärbt hatte. Man musste sie nur kurz in einen

Entfärber legen, um sie wieder weiß zu bekommen, aber meine Tochter tobte wie ein Berserker. In solchen Momenten ähnelt sie meinem verstorbenen Mann. Wenn sie wütend ist, will sie nichts sehen oder hören und benimmt sich unmöglich, bis ihr Zorn verpufft. In diesem Zustand lässt sie alle um sich herum vor Schreck erstarren.

»Ich kümmere mich ab jetzt um die Wäsche. Es tut mir leid, ich hätte daran denken sollen.«

Es war das Mädchen, das mich tröstete, als ich vor der Waschmaschine stand, nachdem meine Tochter in ihr Zimmer verschwunden war und die Tür zugeschlagen hatte. Wie schön wäre es, wenn meine eigene Tochter so einfühlsam mit mir reden würde. Ich weiß noch, wie ich dachte: Sie ist eben meine Tochter, und innerhalb der Familie braucht man kein Blatt vor den Mund zu nehmen. Das Mädchen und ich stehen uns hingegen nicht nahe, wodurch sie immer in der Lage ist, eine gewisse Distanz zu wahren und höflich und rücksichtsvoll zu bleiben. Ich entgegnete nichts und verließ den Hauswirtschaftsraum.

So widerstehe ich mühsam dem Drang, ihr zuzustimmen und etwas zu erwidern und dadurch so etwas wie ein Gespräch mit ihr in Gang zu bringen. Manchmal ist sie sogar zu umsichtig. Sie scheint genau zu wissen, was ich in bestimmten Situationen hören möchte.

Es gibt gekochtes Wasser mit Pilzen in der Kanne. Während ich das lauwarme Pilzwasser nippe, kommt mir in den Sinn, dass das bestimmt sie gekocht hat. Sie kocht gut, putzt gut, warum heiratet sie nicht? Eine Familie gründen, Kinder zur Welt bringen, Mutter werden und soziale Verantwortung übernehmen. Warum tut keine von den beiden solch sinnvolle und respektable Dinge, sondern verschwendet Zeit und Energie an diese bedeutungslose Existenz?

Wie jede Nacht schließe ich die Eingangstür ab und stehe dann unvermittelt vor dem Zimmer meiner Tochter. Kaum lege ich meine Hand auf den Türknauf, schwingt die Tür wie von selbst sanft auf, und das stotternde Geräusch des Ventilators dringt an mein Ohr. Ich regle die Leistung des Lüfters ein wenig herunter und schiebe die Mückenspirale näher zur Tür. Dann drehe ich meinen Kopf Richtung Bett. Ich kann nicht anders.

Meine Tochter, die ein ärmelloses T-Shirt und eine kurze Hose trägt, hat ihren Arm sanft um das Mädchen gelegt, das mit dem Rücken zu ihr liegt. Schwestern, die sich gut verstehen. Enge Freundinnen. Was diese Kinder zueinander hinzieht, ist jedoch kein so allgemeiner und banaler Grund. Was auch immer es ist, ganz offensichtlich liegt es außerhalb meiner Vorstellungskraft.

Dennoch. Vielleicht.

Ist es nicht doch ein Irrtum meiner Tochter? Ein Missverständnis zwischen zwei unwissenden und naiven Mädchen? Vielleicht ist der Spuk in einigen Tagen oder Monaten vorbei, als wäre nichts passiert? Ich kann dieses Bild vor mir zerknüllen, zerreißen und wegwerfen. Wenn ich mir einrede, dass es nicht wahr ist und ich von der Beziehung nichts weiß, werde ich mich für eine Weile besser fühlen. Tatsachen, von denen ich wünschte, ich wüsste sie nicht. Tatsachen, die ich mir zurechtgebogen habe, damit sie mir angenehm und natürlich erscheinen. Doch im Augenblick der Erkenntnis fahren sie die Krallen aus und zeigen ihr wahres Gesicht. Wahrheit und Wirklichkeit. Es liegt in der Natur des Offensichtlichen, dass es einen jederzeit unversehens anspringen kann.

Meine Tochter hat ihren Unterschenkel zwischen die Beine des Mädchens geschoben, die zur Wand gedreht daliegt. Haut an Haut, im gleichen Rhythmus atmend, sucht jede die Nähe der anderen. Sie scheinen miteinander zu verschmelzen. Schamesröte steigt mir ins Gesicht. Ich unterdrücke mühsam den Impuls, sie augenblicklich aufzuwecken und voneinander zu trennen, und gehe vorsichtig aus dem Zimmer. Außer meinem gibt es noch zwei weitere Schlafzimmer im Haus. Zwei Ventilatoren, zwei Tischlampen, zwei Schreibtische. Jede belegt ein Zimmer, warum müssen sie nachts so dicht bei dicht schlafen? Was können sie sonst noch tun, außer eng aneinandergekuschelt dazuliegen und gemeinsam einzuschlafen?

Ich kann nicht behaupten, dass ich keine Angst davor hätte, was ich während unseres Zusammenlebens sonst noch zu sehen bekommen würde. Meine Sorge betrifft vor allen Dingen Folgendes: dass sich vor meinen Augen plötzlich und ohne Vorwarnung intime Szenen abspielen. Dass ich zwangsläufig damit konfrontiert werde. Dass ich das, was ich lediglich erahne und worüber ich spekuliere, direkt zu Gesicht bekomme. Vielleicht sogar Dinge sehe, die viel schrecklicher und furchtbarer sind als alles, was ich mir vorzustellen wage.

Der Moment wird kommen, an dem Dinge offenbar werden, die verborgen hätten bleiben sollen, und ich werde sie mit eigenen Augen sehen. Warum trifft es ausgerechnet mich? Manche würden sagen, dass es einen Grund dafür gibt. Wo Rauch ist, ist auch Feuer. Warum nutzen Leute solch alberne Redewendungen? Ich jedenfalls habe weder einen Grund noch eine Ursache oder einen Fehler gefunden, die zu der jetzigen Situation geführt haben könnten. Und jetzt bin ich hilflos Ereignissen ausgesetzt, die ich nicht erleben möchte und die mich belasten.

An einem Sonntagmorgen bricht zuerst meine Tochter auf, bevor am späteren Vormittag auch das Mädchen das Haus verlässt. Unter dem Vorwand, putzen zu wollen, öffne ich alle Fenster und Türen und betrete das Zimmer meiner Tochter.

Nachdem ich die dünne Sommerdecke und schmutzige Kleidung in die Waschmaschine getan habe, bringe ich das Chaos aus Büchern und Papierkram auf dem Schreibtisch in Ordnung.

Aufruf zur Wiedereinstellung der entlassenen Dozenten

Mein Blick fällt auf Unterlagen in einem transparenten Schnellhefter. Ich hole meine Lesebrille und vertiefe mich in die erste Seite. Neben dem Namen der Universität prangt ein großer quadratischer Stempel in einem intensiven Rot. Er wirkt frisch. Dann blättere ich behutsam durch den Papierstapel. Die wütenden Worte, die meine Tochter, das Mädchen oder sonst jemand geschrieben hat, bringen mich zum Grübeln, und ich verlasse schnell den Raum.

Ist es nicht Zeit, sich einen ordentlichen Job zu suchen?

Das sind die Worte, die sich nach einigem Nachdenken in meinem Kopf festsetzen. Aber letztendlich wage ich nicht einmal, meiner Tochter diese Version meiner Gedanken zu sagen. Das liegt alles nur am Geld. Ich weiß, es ist alles wegen des Geldes. Wenn ich von meiner Tochter und dem Mädchen keine Miete genommen hätte. Wenn ich kein zusätzliches Geld für die Lebenshaltungskosten von ihnen erhalten würde. Wenn ich meiner Tochter eine eigene Wohnung beschafft hätte, unter der Bedingung, sich von dem Mädchen zu trennen. Wenn ich dem Mädchen das Geld, das meine Tochter sich ausgeborgt hat, zurückzahlen und ihr sagen könnte, sie solle sofort ausziehen.

Dann hätte ich meine Tochter umgehend zur Rede stellen und ihr ernstgemeinte Ratschläge erteilen und Mahnungen mit auf den Weg geben können.

Dieses Recht habe ich nun verwirkt. Allein die Tatsache,

dass ich meine Tochter zur Welt gebracht habe, genügt nicht mehr. Diese Zeiten sind längst vorbei. Es gibt keine absoluten Wahrheiten. Die Regeln ändern sich beständig, und ich habe weder die Fähigkeit noch die Energie, mich daran anzupassen. Das gilt im Übrigen auch für die beiden. Wie würde ich reagieren, wenn sie mir einen unverschämt hohen Geldbetrag dafür böten, dass ich ihre Beziehung im Gegenzug voll und ganz akzeptierte? Ich weiß, man kann diese Dinge nicht mit Geld aufwiegen, dennoch spuken mir diese Gedanken im Kopf herum.

Wie geht's dir im Augenblick? Ist alles in Ordnung bei dir? Als ich ein paar Tage später feststelle, dass das Mädchen nicht da ist, lege ich mir diese Worte mit viel Überwindung sorgfältig zurecht. Meine Tochter, die auf dem Sofa im Wohnzimmer vor sich hin döst, sieht zu mir auf. Letzte Nacht kam sie erst um Mitternacht zurück. So läuft es fast jeden Tag. Manchmal sehe ich erst nach Tagesanbruch einen wankenden Schemen die Wohnung betreten.

»Mama, ich bin müde. Lass uns später reden.«

Ich will mich schon umdrehen, als mir etwas ins Auge fällt, das mich erschreckt. An der Schläfe hat sie einen blauen Fleck. Über ihren Nacken ziehen sich rötliche Spuren wie von Fingernägeln, und an Schultern und Unterarmen zeigen sich rötliche Schwellungen.

»O Gott. Was ist denn das?« Meine Stimme wird schrill. Meine Tochter streift unwirsch meine Hand ab und dreht sich auf die andere Seite. Ich ziehe sie hoch und sage bestimmt: »Was ist los? Was passiert hier eigentlich?«

»Ich bin hingefallen. Einfach gestürzt. Mama, lass mich bitte in Ruhe.« Die Stimme meiner Tochter bebt.

Ich werde immer lauter und versuche krampfhaft, meine Tochter zu mir herzuziehen. Dabei kämpfe ich mit den Tränen. »Ich weiß nicht, was zum Teufel ich falsch gemacht habe. Ich weiß wirklich nicht, wann und wieso es anfing, bei dir falsch zu laufen. Eine Frau weit über dreißig, ohne feste Arbeit, ohne die Absicht, zu heiraten, und der es scheinbar nicht genügt, eine Fremde ins Haus zu bringen. Jetzt zettelt sie auch noch eine Schlägerei an. Was das mit mir macht, interessiert dich wohl kein bisschen, oder?«

»Ach, jetzt fang nicht schon wieder an! Das ist doch keine große Sache. Was redest du da?« Meine Tochter hebt den Kopf und erwidert für einen Moment meinen Blick. Ihre Augen sind blutunterlaufen und die Augäpfel mit roten Äderchen durchzogen.

Einen Wimpernschlag später gewinne ich meine Fassung zurück. Mühsam senke ich die Stimme und schließe das sperrangelweit geöffnete Fenster: »Deine brillante Ausbildung, was fängst du damit an? Deine Mutter ignorierst du, und anderen gegenüber zeigst du dich überheblich. Ist es das, was du gelernt hast?«

Jetzt richtet sich meine Tochter auf, und setzt sich kerzengerade hin. »Warum beschwerst du dich über mein Studium? Hast du mir jemals zugehört? Du hörst allen zu, nur mir nicht.«

Unbeeindruckt antworte ich in ruhigem Ton: »Ich habe mir genug von deinem Unsinn angehört. Ich weiß nicht, welche verletzenden Worte du noch in petto hast, aber ich habe das Recht, zu erleben, wie das Kind, das ich im Schweiße meines Angesichts großgezogen habe, ein normales und anständiges Leben führt.«

»Was ist für dich ein normales und anständiges Leben? Was hast du für ein Problem damit, wie ich lebe?« Die Stimme meiner Tochter geht ins Schreien über.

Ich packe sie am Handgelenk, um ihr Einhalt zu gebieten, und spreche bestimmt und laut: »Was das Problem mit deinem Leben ist? Ist das dein Ernst? Weißt du es wirklich nicht?«

»Mama, findest du nicht, dass es reicht? Wie weit willst du es noch treiben? Das haben wir doch alles schon hundertmal besprochen.«

Es sind immer die schmerzlichsten Erinnerungen, die sich in den Vordergrund drängen. Gedanken an etwas, das ich nicht akzeptieren, mit dem ich mich nicht abfinden kann. Etwas also, das noch gärt und mir immer wieder an den Nerven zerrt. Erneut springt der Deckel dieser Schachtel auf. Ich sehe meine Tochter die dunkle und enge Gasse entlanglaufen. Den ganzen Tag hatte ich auf sie gewartet. Sie war von zu Hause abgehauen und hatte sich eine schäbige Einzimmerwohnung gemietet. Während ich vor ihrer Wohnung auf und ab ging, betrachtete ich die Umgebung und sah dem Tag zu, wie er sich dem Ende zuneigte. Meine Tochter kehrte erst spät in der Nacht zurück. Als sie die Wohnungstür öffnete, kam ein schmaler, dunkler Raum zum Vorschein. Ein dünner Futon und eine Decke. Ein kleiner, niedriger Esstisch und eine Tischlampe. Das war alles. Ein Zimmer, in das zu keiner Tageszeit ein Sonnenstrahl drang. Meine Tochter stellte einen Pappbecher mit Wasser vor mir ab. Ich starrte den Becher auf dem Boden gedankenverloren an und ging ohne ein Wort. Keinen einzigen Schluck hätte ich runtergebracht.

Und dann kam die schmerzvolle Erkenntnis.

Wenn ich weiterhin versuchen würde, meine Tochter an mich heranzuziehen, würde dieses bedrohlich angespannte Band reißen. Und ich würde sie verlieren.

Das heißt aber nicht, dass ich sie verstehe. Oder dass ich ihr Verhalten gutheiße. Ich habe lediglich die Leine gelockert, an der ich sie halte, und ihr gerade so viel zugestanden, dass sie sich etwas weiter entfernen konnte. Indem ich meine Erwartungen und die Ambitionen, die ich für sie hegte, und noch ein paar Dinge mehr aufgab, zog ich mich zurück. Weiß sie überhaupt, wie schwer dieser Schritt für mich war? Möchte sie sich nichts anmerken lassen? Oder will sie davon einfach nichts wissen?

»Das haben wir alles schon hundertmal besprochen. Hast du jemals darüber nachgedacht, wie ich mich fühle, wenn ich tagtäglich zusehen muss, was für ein abnormales Leben mein erwachsenes Kind führt?«

Meine Tochter starrt ausdruckslos an die Decke. Dann stößt sie einen Seufzer aus, steht auf, geht sich umziehen und öffnet die Eingangstür. Sie dreht sich kurz um, als wolle sie noch etwas sagen, verlässt dann aber wortlos das Haus. Mein pochendes Herz beruhigt sich allmählich und mir entweicht so etwas wie ein Seufzer der Erleichterung.

Ich bin ein guter Mensch.

Zumindest habe ich mich mein ganzes Leben lang bemüht, einer zu sein: ein gutes Kind, eine gute Schwester, eine gute Ehefrau, eine gute Mutter, eine gute Nachbarin. Und vor langer Zeit eine gute Lehrerin.

Wie anstrengend.

Ich bin eine einfühlsame Person.

Ich habe mein Bestes getan, allein das zählt.

Ich stehe anderen bei.

Ich bin verständnisvoll.

Ja, ich habe Verständnis für die Probleme anderer.

Ich kann mich gut in die Lage anderer Menschen hineinversetzen.

Oder auch nicht. Vielleicht bin ich ein Angsthase. Ein Mensch, der nichts hören will. Jemand, der sich nicht einmischen will. Ein Mensch, der nirgendwo hineingezogen werden möchte. Ich bin ein Mensch, der keine Flecken haben will, weder auf meiner Kleidung noch auf meiner Seele. Ich bewege mich immer im Grenzbereich. Ich lächle und bin gefällig, während ich mich schrittweise zurückziehe, ohne dass es jemand merkt. Möchte ich weiterhin ein guter Mensch sein? Aber wie soll ich das meiner Tochter gegenüber sein?

Mehrere Tage lang herrscht eisiges Schweigen zwischen uns.

•

Als ich aus dem Bus steige, hat sich der Regen bereits vollständig verzogen. Ich setze mich für eine Weile auf einen Stuhl im schwülen Busbahnhof. Eine schmutzige Toilette, ein Kiosk und ein Fahrkartenschalter sind alles, was das Terminal seinen wenigen Fahrgästen zu bieten hat. Mein Knie pocht vor Schmerzen. Es ist ein heftiger Stich, als würde ein empfindlicher und reizbarer Nerv mit einer spitzen Nadel traktiert. Mit äußerster Mühe stehe ich auf und schleppe mich ins Freie. In der sengenden Sonne winke ich ein Taxi herbei. Mein Mund ist trocken. Ich schmatze ein paar Mal und versuche meine Zunge zu befeuchten, aber ich kann den Speichelfluss nicht anregen.

»Wie bitte? Ti-was, Ti-wer? Was haben Sie mit ihm zu schaffen?« Ein alter Wachmann kommt träge aus dem Wachhäuschen und nimmt mich gründlich in Augenschein, während er seine Dienstmütze abnimmt und ausklopft. Mein Blick fällt auf einen Lastwagen und einen Stapel alter Container hinter dem Eingangstor.

»Der Mann, er war ein Mündel. Sein Vormund ist jetzt in einem Altersheim. Ich bin hergekommen, um ihm ein paar Dinge mitzuteilen.«

»Mündel, was? Was ist das?«

Meine Beine zittern. Das muss an dem langen Marsch auf der Landstraße liegen, vorbei an den Gewächshäusern. Mein Hals ist trocken, und die Augen brennen. Warum sehen alle Fabriken in diesem Land gleich trostlos aus? Könnte man sie nicht etwas farbenfroher gestalten? Grau von oben bis unten, versehen mit einem menschlichen Schutzschild, das jedem den Zugang verwehrt, unfreundlich und einschüchternd. Warum?

»Halt, kommen Sie nicht näher heran. Warten Sie dort. Ich habe Ihnen doch gesagt, dass Sie da warten sollen.« Der Wachmann schiebt das Fensterchen des Wärterhäuschens auf und greift nach dem Telefon.

Ich hocke vor dem Eingang der Fabrik, während die heiße Sonne auf meinen Kopf niederbrennt. In meinen Knien fühle ich das Stechen, und meine Fußsohlen brennen. In solchen Augenblicken werde ich das Gefühl nicht los, für etwas bestraft zu werden. Was ist es, wofür ich mit mir ins Gericht gehen muss? Was soll ich sühnen? Ich wünschte, jemand könnte es mir erklären.

»Wer sind Sie?« Der Erste, der herauskommt, ist nicht Tipat. Der Mann stellt sich als Arbeitskollege von Tipat vor und mustert mich misstrauisch, bevor er wieder in das Fabrikgebäude zurückkehrt.

Es dauert weitere Minuten, bis der echte Tipat erscheint. Er hat einen kräftigen Körper und ist weder so dunkelhäutig noch so schmächtig und klein, wie ich ihn mir vorgestellt habe. Wenn er nicht die typische Montur eines Autoschlossers trüge, sähe er viel besser aus. Dann würde er sich gut als mein Schwiegersohn in spe machen. Was für ein Irrsinn, sich einen Wildfremden bei der ersten Begegnung an der Seite der eigenen Tochter vorzustellen. Ich weiß, wie absurd das ist, aber ich kann es nicht lassen. Er streift die Arbeitshandschuhe ab und öffnet den Reißverschluss seines Overalls ein wenig. Der Geruch von Öl, Schweiß und beißenden Chemikalien strömt mir schwallartig entgegen. Während ich mir meine brennenden Augen reibe, bin ich unsicher, womit ich anfangen soll.

»Li Tsehi, es geht um Li Tsehi.« Ich wiederhole Tsens richtigen Namen mehrfach und erzähle von ihr. Es dauert eine Weile, bis Tsens Name etwas in seinem Gedächtnis auslöst. Ich bemerke den Funken der Erinnerung, der endlich in seinem Gesicht aufblitzt, sofort. »Sie ist jetzt im Pflegeheim. Eine Einrichtung für ältere Menschen.«

»Ist sie sehr krank?«, fragt Tipat.

»Sie ist in die Jahre gekommen. Es ist mittlerweile schwierig für sie, allein zu leben.«

Tipat murmelt zu sich selbst gewandt: »Klar. Jung kann sie nicht mehr sein.« Seine Stimme schwebt leise durch die Luft an dem winzigen Schattenplatz, auf dem wir stehen.

Ich warte ruhig, dass das Gespräch in Gang kommt und ich schließlich einen Anknüpfungspunkt finde, an dem ich wie selbstverständlich einflechten kann, was ich mir zurechtgelegt habe. Die Chance bietet sich schnell. »Könnten Sie sie nicht einmal im Pflegeheim besuchen? Schauen Sie einfach vorbei. Sie vermisst Sie.«

Das ist eine Lüge. Aber wenn er sie besucht, könnte sich das darauf auswirken, wie man Tsen in der Einrichtung behandelt. Zumindest werden sie aufhören, mit ihr so unverfroren nachlässig zu verfahren. Das ist alles, worauf ich hoffe.

»Nur ein Besuch, um mehr bitte ich Sie nicht. Bitte, geben Sie sich einen Ruck.«

Tipats große Augen sehen ausdruckslos auf mich herab. »Ich habe nur kurz Zeit und muss gleich wieder zurück. Ich habe keine freien Tage. Bitte geben Sie mir Ihre Kontaktdaten. Ich melde mich bei Ihnen. Handy habe ich keines«, murmelt er, während er an den Ärmeln seiner Arbeitskleidung zupft. Er klingt mürrisch und genervt. Die Bündchen seiner abgenutzten Ärmel sind schwarz. Vielleicht hat er wirklich keine Zeit. Doch die Enttäuschung und der Groll wollen nicht aus meinem Herzen weichen. Ich borge mir von dem Wachmann einen Kugelschreiber und schreibe meine Telefonnummer auf. Da sagt Tipat:

»Bitte richten Sie ihr aus, dass ich sie immer einmal besuchen wollte. Wirklich. Ich war immer neugierig auf sie. Ich werde sie bestimmt besuchen kommen.« Als unsere Blicke sich treffen, fügt er hinzu: »Ich habe sie nie getroffen. Nicht ein einziges Mal.«

Ich notiere mir noch die Telefonnummer der Firma und mache mich auf der schmalen, ungeteerten Straße auf den Heimweg. Immer wenn Lastwagen und Motorräder vorbeifahren, wirbeln gelbe Staubwolken auf.

Meine Güte.

Ich halte inne und bleibe einen Augenblick am Straßenrand stehen, den Blick auf den Berg gerichtet, der in der Ferne aufragt. Meine Augen brennen und kratzen und schließlich beginnen sie zu tränen.

Wie war Tsen auf die Idee gekommen, einem wildfremden Menschen monatlich Geld zu schicken?

Ich wische mir über die Augenpartie meines glühenden Gesichts. Mein Handrücken ist nass, verschmiert von Schweiß oder Tränen.

Meine Güte. Wieso hat diese Frau jahrzehntelang solch ein seltsames und törichtes Verhalten an den Tag gelegt?

Was auch immer ihr Beweggrund war, er blieb ihren Günstlingen verborgen. Diese konnten bestenfalls darüber mutmaßen. Doch letztlich werden sie nie ermessen können, was hinter den großzügigen Zuwendungen steckt und welche Opfer die Spenderin gebracht hat, um sie leisten zu können. Ebenso wenig, welche Farbe, welchen Geruch und welche Form diese Opfer angenommen haben. Eigentlich kann man so ein wertvolles Geschenk nur einem engen Familienangehörigen machen, sofern man dazu in der Lage ist. Für mich ist das mein einziges Kind, mein Fleisch und Blut, mit dem ich den Atem und meinen warmen Körper geteilt habe.

Warum hat Tsen diese Mühe auf sich genommen, die im Grunde vergebens war?

Warum hat sie einem Kind geholfen, das am Ende doch in einer Fabrik gelandet ist, ohne Freizeit, den ganzen Tag über giftigen Chemikalien ausgesetzt? Warum hat sie ihre Kraft, ihre Hingabe, ihr Herz und die kostbare Zeit ihrer jungen Jahre so leichtfertig geteilt? Vor meinen Füßen liegen zwei große Zikaden tot auf dem Rücken. Ein Schwarm kleiner Insekten tummelt sich im Schatten einer großen Straßenlaterne.

Was zum Teufel hat Tsen nur geritten?

Ich bücke mich und schiebe die vertrockneten Zikaden von der Straße. Als ich sie mit den Fingerspitzen greifen möchte, bröckeln sie auseinander und zerfallen zu Staub. Ich gehe in die Hocke, lasse mich auf den Boden plumpsen und strecke die Beine auf dem glühend heißen Boden aus, während die Sonne auf mich herniederbrennt. So verharre ich eine lange Zeit regungslos. Die Landschaft in der Ferne scheint durch eine wabernde feuchte Luftschicht hindurch für einen Augenblick anzuschwellen, nur um im nächsten Moment wieder in sich zusammenzuschrumpfen.

•

Erst als die Sonne den Horizont berührt, kehre ich gerädert und erschöpft in meine Straße zurück. Ich habe einen schalen Geschmack im Mund, und die Hitze meiner Fußsohlen steigt meine Beine empor und breitet sich langsam im ganzen Körper aus. Als ich vor dem Hoftor stehe, ruft mich die Frau des Professors an. Sie habe bei einer Bekannten Äpfel aus Eigenanbau bestellt und ob ich Lust hätte, mich zu beteiligen. Außerdem habe ich eine Textnachricht erhalten, mit der Frage, warum ich zurzeit nicht zum Morgengebet erscheine. Ich beantworte beide Nachfragen aufrichtig und durchwühle dann meine Tasche. Als ich den Hausschlüssel endlich herausgekramt habe, öffnet sich die Tür.

»Ah, Sie sind zurück.«

Es ist das Mädchen.

»Green ist noch nicht da. Sie wird sich verspäten.«

Auf der Treppe vor der Eingangstür hocken zwei kleine Kinder. Das sind die Kinder aus dem Obergeschoss. Der Junge, der auf seinem Schulranzen sitzt, wirkt viel älter als seine kleine Schwester. Die beiden albern herum, deuten kichernd auf etwas Weißes, das am Boden liegt, und schenken mir keine Beachtung.

»Was treibt ihr hier?«, frage ich.

Da hebt die Kleine den Kopf hoch und flüstert: »Vogeleier. Ich habe sie selbst gemacht.« Dann sperrt sie den Mund weit auf und will eins herunterschlucken.

Ich ergreife ihre kleine Hand und schüttle den Kopf. Wenn sie den rohen Teig in sich hineinstopft, wird sie zweifellos Bauchweh bekommen. Körper kleiner Kinder reagieren selbst auf winzige Probleme mitunter heftig. Gut möglich, dass sie die ganze Woche über Durchfall haben und nachts quengelnd ihre Mutter vom Schlafen abhalten wird. Der Körper der Kleinen ist zerbrechlich und zart wie ein junges Blütenblatt. Aber die Energie in ihrem warmen Blut wird diese Kinder bald in die Höhe schießen lassen. Ich kann meine Augen nicht von dem seidigen Glanz ihrer wippenden Haare und dem blassen Teint abwenden, durch den man beinah hindurchsehen kann.

»Die sind schon gebacken. Ihr dürft sie ruhig essen. Aber sie sind heiß. Ihr müsst zuerst pusten. Innen ist Honig drin.«

Kaum hat die Lebensgefährtin meiner Tochter das gesagt, hebt der Junge eines der Eier auf und stopft es sich in den Mund.

»Da ist Honig drin? Echt?«, fragt die Kleine, wobei sie eins der Kügelchen von allen Seiten in Augenschein nimmt.

Der Junge nickt nur etwas beschämt, während er zu mir und dem Mädchen hochsieht.

»Ist eure Mama nicht zu Hause?«, frage ich, während ich um die Kinder herum die Treppe hinaufsteige.

Der Junge zögert, seine Schwester antwortet jedoch geradeheraus: »Meine Mama ist zur Arbeit gegangen. Zum Bus!«

»Zum Bus? Welchem Bus?«

Auf meine Frage erwidert die Kleine mit gewichtiger Stimme: »Bus fahren. Brumm, brumm. Ich bin mitgefahren. So ein großer Bus!«

»Nein, falsch«, unterbricht der Junge, »das ist ein Transporter. Kein Bus.«

Für einen Moment denke ich über den langen, harten Arbeitstag ihrer Mutter nach. Andererseits, wer hat nicht selbst so eine Last zu tragen? Ich betrete die Wohnung und lasse die streitenden Kinder zurück.

»Sie konnten nicht in ihre eigene Wohnung gehen und saßen in der Gasse. Also hab ich ihnen gesagt, sie sollen mir Gesellschaft leisten. Wenn ich jemanden zurückkommen höre, schicke ich sie in ihre Wohnung hoch. Wollen Sie ein paar von den Kugeln probieren?«, fragt das Mädchen und schlüpft hinter mir in den Raum.

Das Haus ist von einem süßlichen, karamellartigen Duft erfüllt. Ich schüttle den Kopf. Ich habe nicht einmal genug Energie, um mich hungrig zu fühlen. Ich wasche mir die Hände, schaffe es gerade so, mir ein Glas Wasser aus der Küche zu holen, und setze mich aufs Sofa. Ich versuche, aufrecht zu sitzen und den Rücken durchzustrecken, aber bald sinke ich in mich zusammen. Dabei bilde ich mir ein, ein knarrendes Geräusch aus der Gegend der Lendenwirbelsäule zu hören. Draußen bricht Gelächter aus. Ein Lachen, das sich langsam hochschaukelt, einer aufgewirbelten Feder gleich. Es klingt, als würde jemand gekitzelt. Kinderstimmen, wie sie für eine Familie ganz selbstverständlich sind.

»Bitte kommen Sie doch einen Augenblick her und setzen Sie sich zu mir.« Ich trinke mein Wasser und öffne den Mund, ohne lange nachzudenken. »Es geht um meine Tochter. Genau gesagt, um die Spuren von Gewalt und die rätselhaften Schwielen auf ihrem Körper.«

»Es wäre wohl besser, wenn Sie Green direkt fragen. Ich glaube nicht, dass ich darüber reden darf.«

Das Mädchen wirkt entschlossen. Sie stellt sich stur und unnachgiebig. Ich erkläre ihr, dass ich mich wirklich bemühe und vieles in Kauf nehme, während wir zusammen unter einem Dach leben, und dass es daher nur fair sei, wenn auch sie in diesen belastenden Wohnverhältnissen zumindest einen kleinen Beitrag leisten würde. Ihr Blick fixiert eine ganze Weile einen Punkt am Boden. Schließlich beginnt sie zu reden, mit einem Gesichtsausdruck, als wisse sie nicht recht, wie sie es mir erklären solle.

»Im letzten Herbst sind wohl an der Universität einige Lehrbeauftragte gefeuert worden. Normalerweise wird der Vertrag automatisch verlängert, aber diesmal nicht – ohne jede Vorankündigung.«

Ich sehe ihr in die Augen, um ihr zu bedeuten, dass sie fortfahren soll. Dabei habe ich das Gefühl, dass sich eine eiserne Faust um mein Herz legt. Ich öffne den Mund und atme tief durch. Worauf hat sich meine Tochter wieder eingelassen? Wofür will sie ihre Energie diesmal verschwenden, ungeduldig und leichtsinnig, wie sie ist, mit dem Ergebnis, dass sie ihre Taten am Ende wieder bereut?

Das Mädchen spricht weiter: »Weil die Kündigungen so ungerecht waren, glaubt Green, sich der Sache durch tatkräftige Unterstützung anschließen zu müssen. Man weiß ja auch nie, ob man selbst nicht vielleicht der Nächste ist. Offensichtlich kennt sie die Betroffenen schon lange. In jedem Fall protestieren sie jetzt alle gemeinsam gegen die Universität. Green hat mir erzählt, dass sie Menschen mobilisiert und versucht, so viele wie möglich zu informieren.«

Ich schließe meine Augen für einen Moment und öffne sie dann wieder. Die Umgebung des Zimmers verschwimmt kurz, bevor sie wieder Kontur annimmt. Ich bin am Ende meiner Kräfte, und ein dumpfes Gefühl macht mich schwindelig.

Letzten Herbst? Guter Gott. Dafür hat sie die ganze Kaution der alten Wohnung aufgebraucht. Für die Angelegenheiten anderer, die sie gar nichts angehen. Sie hätte einfach wegsehen können, aber stattdessen steckt sie wieder ihre Nase ins Pulverfass, rührt darin herum und wirft einen Funken hinein. Meine Brust fängt Feuer.

»Die Universität hatte doch gewiss einen guten Grund dafür. Einfach so wirft man niemanden hinaus«, sage ich.

Ihre Antwort kommt wie aus der Pistole geschossen: »Es gibt keinen guten Grund. Die Universität hat vorgeblich die Kursinhalte der Betroffenen infrage gestellt. Tatsächlich ging

es um etwas ganz anderes. Die gefeuerten Dozenten sind homosexuell. Sie wollten sie schlicht loswerden.«

Homosexuell? Das Wort dringt ungefragt und ungebeten
durch meine Ohren direkt in den Kopf vor. Ein Wort, das mir
Gewalt antut und tief ins Herz schneidet. Bevor das Mädchen
weiterreden kann, falle ich ihr ins Wort:

»Meine Tochter hat mit solchen Menschen nichts zu tun.«

»Ich spreche nicht von Green. Sondern von denjenigen, die
diesmal entlassen worden sind.« Das Mädchen macht eine rat-
lose Miene und knetet verlegen ihren Handrücken, der weißli-
che Vernarbungen aufweist. Deutliche Spuren einer Verbren-
nung und mehrerer Messerschnitte. Für einen Moment starre
ich wie gebannt darauf. Doch ich halte das peinliche Schweigen nicht lange aus und sage schließlich:

»Erwähnen Sie dieses Wort nie wieder.«

Das Mädchen entgegnet nichts. Nach einer Weile fragt sie,
ob ich noch etwas wissen wolle, und steht auf. Sie öffnet leise
ihre Zimmertür und geht hinein.

Ich übernachte mehrere Tage in der Pflegeeinrichtung, anstatt
nach Hause zurückzukehren. Es liegt an Tsen, deren Zustand
sich verschlechtert hat. Nein, eigentlich brauche ich Zeit, um
zu verdauen, in welchen Schlamassel sich meine Tochter hin-
einmanövriert hat. Tsens Mienenspiel hat allen Ausdruck verloren. Innerhalb kürzester Zeit sind ihre Energie und Lebenskraft verloren gegangen. Sie scheint sich darauf vorzubereiten,
allmählich loszulassen.

»Damals, als ich bei einer meiner Freundinnen Unter-
schlupf gefunden habe, war ich immer nur am Lernen. Meine
Eltern waren gar nicht so angetan von meinem Ehrgeiz. Aber
insgeheim plante ich, später in die USA oder nach Japan zu gehen. Ja, möglichst weit weg von zu Hause. So wie Sie«, raune

ich Tsen zu, während ich durch die dunkle Scheibe nach draußen starre.

Tsen, die meine Hand hält, blinzelt. Ihre Pupillen sind tiefschwarz. Die Haut um ihre Augen hat die Spannkraft verloren, und inmitten der Falten wirken Tsens Pupillen jeden Tag dunkler.

»Sie haben gesagt, dass Sie in den USA studiert haben. Und in Frankreich. Wie ist es dort?« Ich rücke dicht an Tsens Ohr und hebe meine Stimme. »Im Ausland.«

»Ausland? Ja, ich war im Ausland.« Um den eingefallenen Mund herum breitet sich ein zartes Lächeln aus.

»Was haben Sie dort gemacht? Was haben Sie gearbeitet, meine ich.«

»Dort? Ja, ich habe gearbeitet. Und studiert. Es ist nicht anders als hier. Ich erinnere mich nicht mehr daran. Es ist schon sehr lange her.«

»War es nicht anstrengend? Hatten Sie nicht große Schwierigkeiten? Ich meine, während Sie allein im Ausland lebten.«

»Ich steckte damals noch voller Lebenskraft. Ich war ja jung. Da bemerkt man die Anstrengung nicht einmal. Ich habe alles mit Freude gemacht.«

Ich spüre, wie Tsens Griff fester wird. Zustimmend nicke ich. »Verstehe. Verstehe.« Dann wärme ich die alte Geschichte wieder auf. »Erinnern Sie sich wirklich gar nicht mehr an Tipat? Tipat, Ti-pat. Ein kleines Kind von den Philippinen.«

»Wer ist das?«, fragt Tsen leise und wirkt belustigt.

Ich bringe meinen Mund noch näher an ihr Ohr und erzähle von Tipat, um ihr zu helfen, die Erinnerung an ihn wiederzufinden. Doch ich weiß ja selbst nicht viel über ihn. »Sie haben das Kind unterstützt, ja, Sie haben fast allein für ihn gesorgt. Jeden Monat haben Sie Geld geschickt. Erinnern Sie sich nicht?«

»Nein, nein, ich habe kein Kind. Übrigens, hast du Kinder? Wie viele?«, fragt Tsen.

»Ich? Ich habe eine Tochter.«

»Du hast eine Tochter? Das ist schön. Sehr schön. Sie ist bestimmt so hübsch wie ihre Mama. Die Mama ist fein. So fein.«

Für eine Weile herrscht Stille. Tsens Augen, die durch das Fenster starren, kehren langsam zu mir zurück, während ich bereue, sinnlose Fragen gestellt zu haben.

»Gehst du heute nicht nach Hause?«

»Doch, ich muss wohl bald gehen. Ein wenig bleibe ich noch hier.«

»Hast du Kinder?«

»Eine Tochter.«

»Keinen Sohn, nur eine Tochter?«

»Ja, nur eine Tochter.«

»Gut, gut. Sie ist bestimmt hübsch. Die Mama ist ja ganz fein.«

Das Gespräch wiederholt sich drei oder vier Mal, dann bringe ich Tsen zu Bett und decke sie zu. Es dauert etwas, bis Tsens gleichmäßige Atemzüge den Raum erfüllen. Wenn sie gelegentlich hustet, hebe ich vorsichtig ihren Oberkörper an und stelle das Rückenteil etwas schräger. Seit dem Tod der alten Frau, die sich bis vor einigen Monaten das Zimmer mit Tsen geteilt hat, ist das Nachbarbett leer. Das liegt an dem, im Vergleich zu anderen Zimmern, hohen Tagessatz.

»Ich glaube, ich habe sie zu lange studieren lassen. Meine Tochter meine ich. Ich hatte mir gewünscht, dass sie fleißig lernt, an die Universität geht und auch ein Masterstudium macht. Dann könnte sie Hochschullehrerin werden und einen guten Mann finden, so hatte ich mir das ausgemalt. Aber meine Tochter ist wirklich eine Idiotin. Ich weiß nicht, was zum Teufel in ihrem Kopf vorgeht. Wenn ich nur an sie denke, schnürt es mir die Brust ab. Das ist bestimmt mein Fehler, nicht wahr? Ich habe ganz offensichtlich etwas falsch gemacht. Ich, ja, ich. Ich weiß nur nicht, was ich jetzt tun soll. Kann ich überhaupt etwas tun? Trotz allem bin ich doch ihre Mutter. Wer, in Gottes Namen, sollte es sonst versuchen, wenn nicht ich?«

Ich spüre, wie mich eine Woge der Emotionen ergreift und aus dem Gleichgewicht bringt. Ich versuche für einen Moment gleichmäßig zu atmen. Hinter der dunklen Scheibe schwebt ein Schatten vorüber. Ein Flugzeug.

»Sie bereitet mir wirklich große Sorgen. Warum führt sie kein normales Leben? Warum versucht sie es nicht einmal? Warum habe ich so ein Kind geboren? Ich weiß noch, wie glücklich ich war, als ich sie zur Welt brachte. Wie wunderbar und unfassbar es war, sie anzusehen! Beim Anblick des schlafenden Babys durchflutete mich ein unbeschreibliches Gefühl, das ich nur mit dem Wort Liebe angemessen ausdrücken kann.«

Ich halte einen Moment inne und presse die Kieferknochen fest aufeinander, sodass die Backenzähne knirschen, als könnte ich diese unaussprechlichen Wörter zermalmen. Manche Worte bringe ich einfach nicht über die Lippen. Man wird sie nie herausziehen können – wie Eisenpflöcke, die fest im Boden verankert sind. Warum liebt meine Tochter Frauen? Warum quält sie mich damit und konfrontiert mich mit einem Problem, über das andere Eltern sich nicht einen Tag im Leben den Kopf zu zerbrechen brauchen? Warum macht sie mich so unglücklich? Warum ist meine Tochter so grausam zu mir? Warum schäme ich mich bis ins Mark für dieses Kind, das ich selbst ausgetragen habe? Ich hasse mich für meine Scham, ihre Mutter zu sein. Warum bringt sie mich dazu, dass ich ihr Wesen verleugne und damit mich selbst und mein gesamtes Dasein?

Ich bin schon fast eingeschlafen, als das Telefon klingelt. Die beschwingte Stimme meiner Tochter dringt aus dem Hörer.

»Mama, wo bist du? Was? Rain meinte, dass du heute in der Pflegeeinrichtung übernachten willst. Es ist doch unbequem, dort zu schlafen. Geht's dir gut?«

Ihr Tonfall wirkt, als sei nichts passiert. Schwach vernehme ich Musik, übertönt von lautem Stimmengewirr.

»Wie spät ist es? Wo bist du?« Ich verlasse vorsichtig Tsens Krankenzimmer und gehe in Richtung Nottreppe.

»Zu Hause, wo sonst. Warte kurz. Was? Wie spät ist es? Was, wirklich? Jetzt fährt bestimmt kein Bus mehr ... Wie, was tun? Bleib doch einfach hier ... Ja, kein Problem. Schlaf einfach hier ...«

Meine Tochter ist von einem Gespräch mit jemandem in ihrer Nähe abgelenkt und kehrt erst nach einer ganzen Weile zum Hörer zurück.

»Ich denke, du bist daheim. Wer ist das? Wen hast du denn mitgebracht?« Mein Herz beginnt, lauter zu klopfen, und mein Puls beschleunigt sich. Wen hat sie da mitten in der Nacht angeschleppt? Welche Unruhe wollen sie verbreiten, in einem Viertel, in dem es nachts totenstill ist? Was, wenn sie gesehen werden? Muss ich nicht damit rechnen, dass die Gerüchte von Haus zu Haus wandern, dabei jedes Mal weiter aufgebläht und ausgeschmückt werden, bis sie schließlich hinter vorgehaltener Hand im ganzen Block kursieren? Wird mich die Wucht des ganzen Tratschs eines Tages auch erreichen?

»Ach, das sind bloß ein paar Freunde. Sie wollten eigentlich nur kurz vorbeikommen, etwas abholen, und dann hat es sich länger hingezogen. Du, Mama, ist es in Ordnung, wenn sie hier bei uns übernachten? Sie hauen sowieso in aller Frühe ab. Wir haben einfach die Zeit aus den Augen verloren.«

Ich hocke mich auf eine Treppenstufe. Soll ich ihr eine Standpauke halten? Soll ich sie anflehen? Oder ist es besser, wenn ich nichts sage? Ich teile ihr schließlich mit, dass ich früh am Morgen kurz vorbeikomme, und lege den Hörer auf. Dann gehe ich zurück ins Zimmer und wälze mich schlaflos im Bett hin und her, bis der Tag anbricht.

Als ich in der Gasse vor dem Haus ankomme, ist es hell. Ich rechne halb damit, dass jeden Moment der Mann von gegenüber herausstürzen wird. Es gibt zwar keinen Anlass dafür und auch keinen Grund, es zu fürchten, aber ich beruhige mich erst, als ich das Hoftor aufstoße. Es quietscht beim Öffnen. Das Geräusch ist so laut, dass ich mich erschrecke. Die Eingangstür ist angelehnt. Die Fenster stehen weit offen. Schlafen sie etwa, ohne Türen und Fenster sorgfältig geschlossen zu haben? Wie kann man nur so sorglos sein?

»Mama?«

Während ich auf all die Schuhe blicke, die sich im Eingangsbereich stapeln, stolpert meine Tochter auf mich zu. Noch bevor ich etwas fragen kann, folgt ihr eine Schar von Menschen aus der Küche, und ein herzhafter, süßlich-scharfer Essensduft strömt mir entgegen. Drei Frauen, zwei Männer und das Mädchen. Im Nu füllt sich das Wohnzimmer.

»Guten Morgen. Entschuldigen Sie, dass wir Sie so ganz ohne Ankündigung überfallen haben. Wir waren gestern etwas von der Rolle.«

Nachdem mich eine Frau mit dicken Brillengläsern begrüßt hat, tun es ihr die anderen der Reihe nach gleich. Es ist noch so früh am Morgen, aber die Anwesenden haben ihre Hosen bis zu den Kniekehlen hochgekrempelt, und ihre Gesichter sind gerötet vor Aufregung. Mitten im Wohnzimmer liegen lange Stoffbahnen, Holztafeln, buntes Papier und Flugblätter ausgebreitet.

»Ist schon in Ordnung. Machen Sie es sich bequem.« Mit diesen Worten will ich auf mein Zimmer zusteuern, doch die jungen Leute führen mich in die Küche. Schließlich werde ich auf einen von vier Stühlen platziert. Weich gekochte Eier mit Kartoffeln, gebratener Brokkoli, Kopfsalat mit Gurken und Toastbrot. An einer Ecke des Tischs steht ein Topf voll Ramen und scharfen Peperoni. Obwohl ich keinen sonderlichen Appetit habe, probiere ich von dem Essen, das zweifellos das Mädchen gekocht hat.

»Köstlich, oder? Während des Essens fällt einem das gar nicht so auf, aber später erinnert man sich immer wieder dran«, sagt ein Mann, der mir gegenübersitzt, während er in ein Toastbrot beißt.

»Sie waren wohl noch nicht in dem Restaurant, in dem Rain arbeitet? Wie heißt das noch mal? Auf jeden Fall ist der Laden zurzeit total angesagt. Auch viele Ausländer kommen dorthin«, unterstützt ihn die Frau mit den dicken Brillengläsern.

Ich lausche schweigend den Gesprächen der Anwesenden. Dabei versuche ich, zu erraten, in welcher Beziehung sie zu meiner Tochter und dem Mädchen stehen. Gleichzeitig denke ich darüber nach, was das für eine Gruppe von Leuten ist, die sich hier in meiner Küche versammelt hat. Meine Tochter steht wortlos neben dem Esstisch und kaut auf einem Stück Gurke. Sie hat die Brauen zusammengezogen und scheint über einer Sache zu brüten. Nur mit dem Mädchen flüstert sie ab und an. An ihrem Hals kann man immer noch rötlichen Schorf erkennen. Was zum Teufel geht hier vor?

»Oh, ich arbeite übrigens an einem Forschungsinstitut. Die da ist Journalistin, hier haben wir einen Aktivisten, der sich in Bürgerinitiativen engagiert, und sie ist Grundschullehrerin.«

Zu meiner Überraschung sind einige von ihnen verheiratet. Menschen mit festem Einkommen und einer Familie. Was treibt sie an, sich für Themen zu interessieren, die sie nicht persönlich betreffen? Glauben sie wirklich, sich in dieser Angelegenheit engagieren zu müssen? Ich fühle mich nackt, weil ich nicht weiß, wie ich mich verhalten soll. Fragende oder wissende Miene? Soll ich einen Kommentar abgeben oder schweigen? Ich kann mich vor ihnen nicht so ungezwungen benehmen, wie ich es vor langer Zeit gegenüber den alten Freunden meiner Tochter tat.

»Sie haben doch bestimmt alle genug mit Ihrer Arbeit zu tun«, sage ich. Aber niemand versteht die Andeutung, die sich hinter meinen Worten verbirgt.

Nachdem ich der Unterhaltung eine Weile gefolgt bin, ohne zu wissen, ob ihre Geschichten nur der Selbstbeweihräucherung dienen oder Fakten wiedergeben, macht sich einer nach dem anderen auf den Weg. Nur das Mädchen bleibt am Schluss übrig.

»Es ist noch was vom Essen da. Darf ich Ihnen davon einpacken?«, fragt sie, während sie in Richtung Spüle geht.

Ich schüttle den Kopf und verlasse fluchtartig die Wohnung. Nachdem ich eine ganze Weile draußen herumgelaufen bin, rufe ich in mir die Szene im Haus in Erinnerung. Das Stimmengewirr in verschiedenen Tonhöhen und Klangfarben vertreibt die Stille aus jeder Ecke des Hauses und weckt die Lebensgeister. Das gedrungene Gebäude reckt und streckt sich und wird endlich ein Ort voller Leben. Ist es nicht genau das, was ich mir immer gewünscht habe? Dass mein Zuhause ab und zu von Menschen wimmelt, die immer wiederkommen und gehen.

Aber diese Leute sind nur Freunde und Kollegen auf Zeit. Menschen, die einem jederzeit den Rücken kehren können. Was ich in meiner Wohnung sehen möchte, ist eine Familie und keine Bekanntschaften, die von heute auf morgen verschwinden können. Eine Familie ist das Einzige, was meine Tochter beschützen kann. Wie um alles in der Welt soll ich ihr diese offensichtliche und allgemeingültige Tatsache verständlich machen?

•

An diesem Morgen geht es auf der Station sehr lebhaft zu. Es ist einer von zwei Badetagen im Monat. Vor einiger Zeit ist eine Pflegehelferin mit einem älteren Patienten gestürzt, als sie versuchte, ihn allein zu heben. Der ältere Mann hat sich beide Kniescheiben und Ellbogen gebrochen, was wohl nicht wieder vollständig heilen wird. Die Familie hat dem Pflegepersonal heftige Vorwürfe gemacht, weswegen eine Krankenschwester durch die Räume eilte und das gesamte Hilfspersonal anwies, über den Vorfall Stillschweigen zu bewahren. Die Angelegenheit wurde schließlich dadurch bereinigt, dass man der betreffenden Pflegehelferin fristlos kündigte.

Ihre Nachfolgerin ist für den angrenzenden Raum zuständig. Das heißt, dass sie vier Patienten zu versorgen hat. Wenn ich daran denke, dass ich mich nur um Tsen zu kümmern habe, empfinde ich ihre Arbeitsbelastung als unzumutbar. Trotzdem bleibt mir nichts anderes übrig, als die Neue um Hilfe zu bitten, da ich auf dem Gang vergeblich nach der Frau des Professors Ausschau gehalten habe.

»Können Sie das nicht allein?«, erwidert die Neue, während sie einem Patienten die Hose herunterzieht und die Windel wechselt. Sie stülpt dem Mann einen Plastikbeutel über den Penis und fixiert ihn mit einem Pflasterstreifen, bevor sie das Ganze in eine halbe Windel packt. Ich frage mich, ob der Kunststoffbeutel tatsächlich nötig ist, wende mich aber kommentarlos ab. Ich kann der Neuen keinen Vorwurf machen. Schließlich gelingt es mir, diese mürrische Person dazu zu bewegen, dass sie mir in Tsens Zimmer folgt, finde es jedoch leer vor. Schnell hebe ich das Krankenhaushemd und das Bettzeug vom Boden auf und beginne, nach Tsen zu rufen. Ich kann sie weder auf dem Gang noch in einem anderen Patientenzimmer finden.

»Sie hätten ihre Hände fixieren sollen«, tadelt mich die Neue. »Rufen Sie mich, sobald Sie sie gefunden haben.«

Mit diesen Worten kehrt sie zu ihren Patienten zurück. Zu guter Letzt finde ich Tsen in der Waschküche im Erdgeschoss. Sie lehnt an dem langen Fenster und blickt nach draußen.

»Hier sind Sie. Ich habe Sie gesucht. Was tun Sie denn da?«

Tsen weicht vor mir zurück. Sie hat etwas in der Hand. Auf dem Gang schiebt jemand geräuschvoll einen Wagen mit leeren Essenstabletts vorbei. Ich strecke die Hände aus und nähere mich ihr vorsichtig, einen Fuß vor den anderen setzend.

»Es ist Zeit für Ihr Bad. Lassen Sie uns gehen.«

Als ich schließlich nach Tsens Hand greife, rutsche ich aus und falle beinah hin. Die weiten Beine ihrer Krankenhaushose haben sich dunkel verfärbt, und Nässe hat sich auf dem Boden ausgebreitet. Ich schnappe mir, was Tsen in der Hand hält. Es ist ihre Windel, eine halbe, wiederverwendbare. Ein Regal und der Boden unter dem Fenster sind besudelt von Urin und Exkrementen.

Völlig nackt klammert sich Tsen an den Haltegriff neben dem Waschbecken. Von ihrem Gesäß laufen Spuren von Kot über die Oberschenkel bis zu den Waden hinunter. Dies ist nicht das erste Mal, dass das passiert ist, aber ich beiße die Zähne zusammen und murmle nur. Es ist schrecklich, einfach nur schrecklich.

»Halten Sie still. Ich werde mich beeilen.«

Ich brause Tsen mit einem Schlauch ab.

»Nein, ich will nicht.«

Von ihren dünnen Knochen hängt das Fleisch schlaff herab. Ich seife ihr die losen Hautlappen ein. Tsens Beine zittern. Mit eingeseiften Händen wasche ich sie eingehend im Schambereich, arbeite mich vorsichtig um ihr Druckgeschwür herum und zupfe totes Gewebe ab. Warum lebt sie so lange?

In solchen Augenblicken wird mir erst richtig bewusst, wie gnadenlos das Leben ist. Ein Berg nach dem anderen türmt sich vor einem auf. Den ersten nimmt man noch hoffnungsvoll in Angriff, doch dann schwindet die Zuversicht von Mal zu Mal. Das Leben kennt kein Mitgefühl. Es ist ein unerbittlicher Feind, der keine Barmherzigkeit walten lässt. Leben ist also ein Kampf, den man irgendwann verlieren wird. Ein Kampf, der erst mit der absoluten Niederlage endet.

Tsen stolpert und verliert das Gleichgewicht. Sofort umfasse ich sie mit den Armen und ziehe sie hoch. Ihr Körper, faltig wie ein verschrumpelter Ballon, ist schwerer als erwartet. Als bestünde er nicht aus Knochen, Eiweiß, Fett und Wasser, sondern aus dem Gewicht von angehäufter Lebenszeit und Erinnerungen. Als sei ihr Körper ein Beleg dafür, dass immer noch warmes, rotes Blut durch ihren Körper fließt. Auf diese Weise versuche ich wieder und wieder, mir zu vergegenwärtigen, dass Tsen noch immer ein Mensch und am Leben ist.

»Halten Sie sich aufrecht! Mit aller Kraft. Spannen Sie die Beinmuskeln an!«

Tsen verstärkt den Griff um meinen Hals. Ich weiß nicht, wo sie diese Kraft hernimmt. Ich kann kaum atmen. Als ich sie reflexartig zurückschiebe, krallt sie sich in meinen Hals.

»Au! Au! Sie tun mir weh!«

Je lauter ich schreie, umso mehr widersetzt sich Tsen. Sie packt mich mit beiden Händen an den Haaren und hängt sich an mich. Ihr rauer, heißer Atem rasselt neben meinem Ohr.

Der Schlauch entgleitet mir, tanzt unkontrolliert über den Boden und versprüht Wasser in alle Richtungen. Ich werde sterben. Ich werde hier und jetzt sterben, schießt es mir durch den Kopf. Da fliegt die Tür zur Waschküche auf, und jemand stürmt herein.

»Um Himmels willen! Was ist denn hier los?«

Es ist die Köchin. Die Frau in der weißen Kittelschürze trippelt von einem Fuß auf den anderen und weiß nicht, was sie tun soll. Endlich rennt sie in den Gang hinaus und ruft lautstark nach den Krankenschwestern.

•

Ich stehe mitten in einer Menge junger Leute auf der Straße. Die Hochsommerhitze droht den Asphalt zu schmelzen. Die umstehenden Gebäude wirken in der flirrenden Luft, als ob sie hin- und herschwankten, und mein Blick verschwimmt.

Wo muss ich lang?

Mein langsam arbeitendes, vernebeltes Gehirn ist nicht in der Lage, diese Frage zu beantworten. Mir bleibt wohl nichts anderes übrig, als einen Passanten anzuhalten und nach dem Weg zu fragen. Für mich ist das genauso, wie am Bordstein zu stehen und vergeblich ein Taxi heranzuwinken. Vielleicht sogar schwerer. Glücklicherweise ist da ein Mädchen in gelben Sneakers, das sich Luft zufächelt, während es zur Unterführung zeigt.

Als ich auf der anderen Seite der dunklen, angenehm kühlen Unterführung wieder an die Oberfläche komme, sehe ich das Tor der Universität. Jedes Mal, wenn ich in dieser Schwüle versuche, mir den Schweiß von der Stirn zu wischen, klebt meine Handfläche etwas länger an der Haut fest. Dieses feuchtheiße Hochsommerwetter raubt einem den letzten Rest

Energie. Ich lasse mich neben einer Verkaufsbude auf eine Bank mit Blick auf den Haupteingang der Universität sinken.

»Bitte unterschreiben Sie die Petition. Bekunden Sie Ihre Solidarität!«

Am Tor auf der anderen Straßenseite stehen ein paar Leute hinter einem Klapptisch und rufen, um die Aufmerksamkeit der Passanten auf sich zu lenken. Im Hintergrund ist sogar ein notdürftig aufgeschlagenes Zelt zu erkennen. Die Sonne blendet mich, weswegen ich nicht lesen kann, was auf dem Spruchband steht.

»Möchten Sie eine Flasche kaltes Wasser?«, fragt eine alte Verkäuferin, indem sie ihren Kopf aus der Bude herausstreckt. Das ist ihre Art, mir zu sagen, ich solle entweder etwas kaufen oder ihre Bank verlassen. Ich nicke und reiche ihr eine 1000-Won-Note. Das Wasser ist halb gefroren. Ich nehme einen Schluck, dann einen weiteren, den ich einen Moment im Mund behalte, bevor ich ihn hinunterschlucke. Ein paar Leute, die wie Touristen wirken, bilden einen Kreis, verständigen sich kurz durch Zeichen, schießen Fotos und machen sich dann lärmend auf, über die Straße zu gehen. Dabei verstellen sie mir einen Augenblick die Sicht. Dann kann ich sie wieder sehen, die einzelnen Menschen, die laut rufend ihre Flyer verteilen.

»Den ganzen Tag stehen sie schon da in der brütenden Sonne. Was für eine Ausdauer.« Die Frau aus dem Verkaufsstand murmelt etwas, während sie sich aus der schmalen Seitentür schlängelt. »Überall Proteste wie diese, heutzutage. Vor Kurzem war ich beim Bezirksamt, und da gab es auch ein großes Tamtam. Lärmend wurden Klagen vorgetragen. Das Problem ist, dass die Leute tatsächlich glauben, jemand würde ihrer Meckerei Beachtung schenken. Sie sollten lieber lernen, dankbar zu sein.«

Die Kioskfrau tippt mit ihrem Fächer auf die Bank und setzt sich neben mich. Ab und an erhebt sich das vielstimmige Gezirpe von Zikaden wie ein Rauschen im Ohr, das als elektrisches Sirren beginnt und zu einem ohrenbetäubenden, metallischen Kreischen anschwillt. Sobald der Lärm verklungen ist, erfasst das Geräuschvakuum mein Herz wie ein Schwindel.

»In diesen schweren Zeiten ist es tröstlich, wenn man so einen Laden besitzt«, sage ich, um das Thema zu wechseln. Mein Blick ist immer noch auf die Leute auf der gegenüberliegenden Straßenseite gerichtet. Bus um Bus stoppt an der nahen Haltestelle und fährt wieder davon. Auf mich wirken die Fahrzeuge wie die Waggons eines vorbeifahrenden Zuges.

»Man verdient sich keine goldene Nase in diesem Verschlag hier, das kann ich Ihnen sagen. Es gibt zu viele Lebensmittelgeschäfte in dem Viertel. Ich bekomme nur ein paar Lieferboten ab, die bei mir vorbeischauen und Zigaretten kaufen. Dennoch bin ich dankbar dafür, wenn ich daran denke, dass es andere gibt, die schlechter dran sind. Ja, so muss man es sehen.«

Die Stadtverwaltung hat einer kleinen Anzahl von Leuten Erlaubnisscheine für ihre illegal betriebenen Verkaufsstände ausgestellt, wenn diese über einen längeren Zeitraum bestanden. So verfügten wieder ein paar mehr Menschen über ein Auskommen und ein eigenes kleines Eigentum. Das war vor einigen Jahren. Die Stände sind nicht größer als drei Quadratmeter, haben aber angeblich einen Wert von hundert bis zweihundert Millionen Won. Die Frau spricht unbeirrt weiter. Ihre Geschichten reichen immer weiter in die Vergangenheit zurück – Geschichten, die nur für sie von Interesse sind.

»Wir waren nicht so, als wir jung waren. Wir haben uns nicht dauernd darüber beschwert, dass wir manche Dinge nicht haben konnten, und waren dankbar für das, was wir hatten.

Wegen uns brauchten keine strengen Gesetze erlassen zu werden. Aber die jungen Leute heutzutage sind ständig am Nörgeln und am Protestieren. Sie vergeuden ihre wertvolle Zeit auf den Straßen.«

Ich nicke, um Zustimmung zu signalisieren, damit sie sich bestätigt fühlt.

»Aber worum geht es denen dort drüben?«, frage ich nach einer längeren Pause. Glücklicherweise kann die Frau aus meinem verbindlichen Ton nicht die zwiespältigen Gefühle heraushören, die an mir nagen.

»Ich weiß nicht. Anscheinend hat die Universität ohne Erklärung ein paar Dozenten gefeuert. Aber die Zeiten sind nun einmal für jeden von uns hart. Auch Universitäten können nicht alle durchfüttern, oder? Es war schon einmal zu etwas Ähnlichem gekommen. Damals gab es sogar einen Polizeieinsatz auf dem Universitätsgelände. Das war ein Tumult. Oje, was soll aus dieser Welt noch werden? Jeden Tag gehen die hier auf die Barrikaden. Mittlerweile kümmere ich mich nicht mehr darum.«

Nach längerem Schweigen bringe ich es fertig, zu sagen: »Dennoch ist es nicht richtig, jemanden auf die Straße zu setzen, ohne die Gründe dafür zu nennen.«

»Es ist aber auch nicht richtig, dauernd den Frieden auf diese Art und Weise zu stören. Die da drüben weigern sich einfach, auch mal die andere Seite zu sehen. Sie lassen nur ihre Meinung gelten.«

Halbherzig nicke ich und bleibe auf der Bank sitzen. Ich befürchte, gleich an Ort und Stelle zu zerfließen.

Geht nicht einfach vorbei! Unterstützt uns!

Eine Frau, die meiner Tochter ähnelt, schwenkt ihre Arme über dem Kopf und versucht, Unterstützer zu gewinnen. Am Horizont geht langsam die Sonne unter. Das matte und trübe

Licht wandert durch das Tor und über den Campus. Ich weiß, dass die besten Jahre meines Lebens hinter mir liegen. Wo ich mich befinde, die Zeiten, in denen ich lebe, und die Dinge, die ich sehe – das alles erinnert mich nur noch an schöne Augenblicke in meinem Leben, die unwiederbringlich vorüber sind.

Es gab eine Zeit, als ich für meine Tochter noch das Zentrum des Universums war. Sie sog meine Worte auf wie ein Schwamm. Sagte ich ihr: »Das ist falsch, was du tust«, hielt auch sie es für einen Fehler. Erklärte ich ihr, ihr Handeln sei in Ordnung, war es auch für sie richtig. Wenn ich sie rügte, entschuldigte sie sich und gelobte Besserung. Doch nun hat sie mich überholt. Es funktioniert nicht mehr, mit dem Zeigefinger zu drohen und ein ernstes Gesicht zu machen. Zwischen uns liegen Welten. Sie wird sich nie mehr in meine Arme flüchten.

Vielleicht ist es meine Schuld.

Ich kann meinen Argwohn nicht ablegen. Dann wieder habe ich Schuldgefühle. Dieses Hin und Her meiner Gefühle, jedes mit seinen ganz eigenen Mustern und Farben, macht mich sprachlos. Die Erwartungen und der Ehrgeiz, die Möglichkeiten und Hoffnungen in Hinblick auf meine Tochter bleiben und quälen mich, so hart ich auch daran arbeite, sie über Bord zu werfen. Wie leer muss ich mich fühlen, bis sie mich endlich loslassen?

Ich erhebe mich. Jedes Mal, wenn ein Bus hält, steigen Grüppchen von Studenten ein und aus. Ich stehe an der Ampel, unschlüssig, ob ich die Straße überqueren, den Heimweg zu Fuß antreten oder den Bus nehmen soll. Es wird grün, alle setzen sich in Bewegung, und die Ampel springt wieder auf Rot. Autos huschen an mir vorbei und überfahren meinen Schatten. Auf dem Weg zur Bushaltestelle hebe ich ein paar

Flyer auf, die auf den Boden gefallen sind, und stecke sie hastig ein. Sie bleiben dort klein gefaltet in einem Fach meiner Handtasche, während ein Tag nach dem anderen vergeht.

•

»Aaa! Schön weit aufmachen! Aaa! Aaa!«, ruft die Frau des Professors, während sie einem alten Mann beim Zähneputzen hilft, indem sie die Zahnbürste hin und her bewegt. Er schluckt die Zahnpasta einfach hinunter.

»Nein, ausspucken! Verstehen Sie das nicht? Pfüüht! So geht das!«

Die Frau des Professors drückt den Kopf des alten Mannes herunter, um ihn zum Ausspucken zu bewegen. Der Mann röchelt und würgt. Ich lege mir die Worte für einen Moment im Kopf zurecht, bevor ich frage, ob sie ein paar sterile Wundauflagen und Windeln entbehren könne.

»Das muss noch zwei Wochen reichen«, sagt die Frau des Professors und zieht mich am Arm in eine Ecke des Krankenzimmers. »Hast du schon alles verbraucht? So viel?«

Ich drücke kräftig ihre Hand und mache mich los. Mühsam halte ich die Worte zurück, die aus mir herauswollen. Wir sind immer knapp an Pflegeartikeln. Sie teilen uns nie genug zu, und es ist nicht so, dass ich nicht wüsste, wie man länger damit auskommen kann. Allein, ich bringe es nicht übers Herz.

»Was soll ich sagen? Ich tue mein Bestes, möglichst sparsam damit umzugehen. Aber es ist eben, wie es ist. Bitte gib mir, was du erübrigen kannst!«

Argwöhnisch mustert mich die Frau des Professors. Ich sage ihr nicht, dass Tsen am Gesäß ein schwarzes Loch hat, das aussieht, als sei sie angeschossen worden. Ich sage auch nicht, dass es von Tag zu Tag größer wird, bis es am Ende den ganzen

Körper einnehmen wird. Egal, was ich ihr erzähle, sie wird sowieso denken, dass es nicht ihre Sache sei, vor allem da Tsen dieses Stadium noch längst nicht erreicht hat. Wie kann man nur so töricht sein? Warum weigert sie sich, diese Wahrheiten zu erkennen, bis sie nicht das verfaulte Fleisch direkt vor Augen hat? Genau wie meine Tochter und das Mädchen.

Dennoch gibt sie mir drei Windeln und eine Schachtel mit Wundauflagen, sodass ich endlich die nasse Windel von Tsens Gesäß entfernen kann. Beißender Uringeruch macht sich im Zimmer breit. Vorsichtig zupfe ich Fetzen toter Haut von ihrem Gesäß ab und säubere ihren Schritt und Anus. Die wund gelegene Stelle ist größer geworden. Ich öffne das Fenster, kehre zu Tsen zurück und lasse für eine Weile Luft daran, bevor ich ihr wieder die Unterhose anziehen muss.

»Tut es weh? Brennt es?«, frage ich.

Tsen sagt keinen Ton, während sie sich, mit dem Rücken zu mir, am Bettgitter festhält. Das Fleisch verfault, und die Nerven sterben ab. Draußen auf dem Gang bricht ein Tumult aus. Der alte Mann mit der fortgeschrittenen Demenz schreit, dass er nach Hause möchte. Die Schwestern und Pflegerinnen stellen sich ihm in den Weg und erheben ihre Stimmen. Es scheint ein Handgemenge zu geben. Dann wird das Getöse von einer traurigen Melodie überlagert. Das muss der alte Mann sein, der früher als Sänger mit einer Volkstanzgruppe durchs ganze Land gefahren war. Trotz seines schmächtigen Körpers besitzt er eine kräftige und tragende Stimme. Jetzt bittet er einen Vorübergehenden, ihn für die Bühne zu schminken. Dann stimmt er lauthals ein Lied an. In Augenblicken wie diesen ist er nicht mehr der Kranke, der auf seinen Tod wartet, sondern ein Mensch mit Erinnerungen und einer immer noch großen Gabe.

»Das ist sehr gut. Eine sehr schöne Stimme. Wer singt da?«,

flüstert Tsen und dreht sich zu mir um. Sie scheint den Vorfall in der Waschküche, der nur wenige Stunden zurückliegt, völlig vergessen zu haben. Ihre Augen treffen meine, die in dem Moment von den verknitterten Flugblättern aufblicken. Sie bemerkt sofort, dass mir Tränen über die Wangen laufen. Tsen sagt kein Wort. Sie streckt nur die Hand nach dem Gazetuch neben ihrem Kopfkissen aus und reicht es mir.

Manche Eltern drohen ihren Kindern. Es gab Fälle, in denen Eltern ihre Kinder zur Vernunft bringen wollten, indem sie ihnen eine Flasche Unkrautvernichter vorsetzten und sie ernsthaft aufforderten, davon zu trinken und freiwillig in den Tod zu gehen. Andere haben erst ihre Kinder getötet und dann sich selbst. Dafür fehlt mir jedes Verständnis. Aber ich versuche, mir vorzustellen, welche Empfindungen so einer Verzweiflungstat vorausgegangen sind. Was treibt manche Menschen zu so drastischen Handlungen? Welche unkontrollierbaren Gefühle bringen sie an diesen Punkt?

»Mama, ich nenne Ungerechtigkeiten nur beim Namen. Was ist verwerflich daran, mit dem Finger auf etwas zu zeigen, das eindeutig falsch läuft? Ist das etwas Schlechtes? Wirklich? Warum ist das schlecht?«

Meine Tochter kommt gegen Mitternacht heim. Ihr Atem riecht säuerlich. Ich schaue hinunter auf die Broschüre auf dem Couchtisch. Ein Riss hat sich in der Mitte des Falzes gebildet. Draußen rauscht der Regen. Bei den geschlossenen Fenstern ist die Luft im Haus stickig und feucht.

»Macht es dir Spaß, an vorderster Front, direkt im Scheinwerferlicht zu stehen?« Ich spreche so sanft wie möglich. »In der prallen Sonne auszuharren, jedem offen dein Gesicht zu zeigen und deinen Namen hinauszuposaunen? Denkst du, es ist richtig, mit diesen Leuten herumzuziehen und sich derart kindisch aufzuführen?«

»Du warst da? Wann?«

Sie ist überrascht. Mein Blick fällt auf ihre Narbe, die sich vom Ohrläppchen bis in den Nacken zieht. Ich höre ein Klicken. Das Mädchen hat eilig ihre Zimmertür geschlossen. Ein grelles Gedankenfeuerwerk zündet in meinem Kopf.

»Ich habe meinen Job gekündigt und auf vieles verzichtet, um dich großzuziehen. Weil ich kein gutes Gefühl dabei hatte, dich in der Obhut anderer zu lassen, habe ich nach und nach immer mehr Dinge aufgegeben, bis nichts mehr übrig war. Weißt du überhaupt, was ich alles auf mich genommen habe, damit ich mich um dich kümmern konnte? Du warst mein Lebensmittelpunkt. Verdammt! Und jetzt enttäuschst du mich und brichst mir das Herz mit jeder Kleinigkeit, die du tust. Warum machst du das, wenn nicht, um mich zugrunde zu richten?«

»Mama, ich weiß. Ich weiß genau, was du auf dich genommen hast, um mich großzuziehen. Deswegen gebe ich mein Bestes. Was willst du denn noch von mir?«

»Du gibst dein Bestes?«

Mein Herz setzt aus. Ich hole tief Luft und fahre fort:

»Überall, wo du auch hingehst, für Unruhe zu sorgen? Dich immer beschweren? Für deine Probleme immer anderen die Schuld geben? Das ist das Beste, das du zu geben vermagst? Siehst du nicht, wie andere leben? Niemand lebt so wie du. Natürlich ist deine Generation für ihren starken Willen bekannt, aber schau dich doch mal an! Du behandelst mich, als wäre ich eine rückständige alte Oma, wenn ich dir rate, zur Besinnung zu kommen. Als wäre es unmöglich, mit mir zu diskutieren. Aber darum geht es jetzt gar nicht. Du glaubst wahrscheinlich, dass du immer jung sein wirst? Du denkst, dass du alles vermasseln kannst, weil du alle Zeit der Welt hast, es wieder zu richten?«

Meine Tochter verzieht das Gesicht.

»Wenn die Leute sagen, da ist nichts zu machen, dann hat das meistens einen guten Grund. Warum also gehst du weiter auf die Straße und schreist ›Unrecht!‹? Warum ausgerechnet du? Wenn etwas im Argen ist, kommt es meist von selbst wieder ins Lot. Warum reibst du dich für Fremde auf, mit denen du doch nichts zu tun hast? Du schleppst ein Mädchen hier an, das keine richtige Arbeit hat und von dem man nicht weiß, wo sie herkommt. Du prügelst dich mit Leuten und verplemperst deine Zeit am Tor der Universität, angezogen wie ein Land-streicher, anstatt zu unterrichten – warum verschwendest du dein kostbares Leben?«

»Sprich nicht so mit mir!«, sagt sie.

»Warum tust du das?«, schneide ich ihr das Wort ab. »Si-cher, du hast immer aus der Masse herausgestochen, schon seit du ein Kind warst. Du hast immer die Sachen machen wol-len, die andere Kinder zu schwierig oder anstrengend fanden. Ich hätte dich dafür nicht loben oder dazu ermuntern sollen. Ich hätte dich schimpfen und bestrafen müssen. Und jetzt sieh her. Dies ist nicht eine dieser Gelegenheiten, sich zu profilie-ren. Du bist kein Kind mehr. Warum würde jemand so etwas Verrücktes tun, nur für ein paar Worte des Lobes?«

»Du denkst, dass mir das Spaß macht?«

»Es ist noch nicht zu spät. Such dir einen anständigen Mann und heirate. Hab Kinder. Jeder macht Fehler, wenn er jung ist. Du hast noch Zeit, alles zum Guten zu wenden. Ich bin deine Mutter. Wer sollte dir denn sonst den Spiegel vorhalten, wenn nicht ich? Kein anderer sorgt sich um dich, niemand anderen kümmert es, wie du lebst.«

Aufgewühlt, wie ich bin, schießen mir unzählige Erinne-rungen, die nichts mit dieser Sache zu tun haben, durch den Kopf. Ich massiere meine schmerzenden Knie und schlage mir auf die Schulter, um mich abzulenken. Doch Tsens Gesicht drängt sich in den Vordergrund. Ich höre ihren röchelnden Atem, ich rieche Urin und anderes, was mir Übelkeit verursacht.

»Ich bin deine Mutter. Jugend ist vergänglich. Bevor du dich versiehst, bist du vierzig, dann fünfzig, und dann bist du alt. Möchtest du dein Leben so verbringen, allein?«

In gewisser Weise beziehe ich mich auf Tsen, ohne ihren Namen zu nennen. Sie ist auf beklemmende Weise alt geworden, ausgegrenzt und unendlich einsam. Eine bedauernswerte, unglückliche Person, die allein dem Lebensende entgegendämmert, nachdem sie ihre besten Jahre damit verschwendet hat, sich für andere, die Gesellschaft und höhere Ziele aufzuopfern.

Allein bei dem Gedanken, meine Tochter könne das gleiche Schicksal erleiden wie Tsen, spüre ich, wie mir das Herz stillsteht.

»Mama, das ist keine Sache der anderen. Das betrifft mich ganz persönlich, denn mir kann jederzeit das Gleiche passieren. Und ich bin nicht allein.«

Da muss eine dicke, riesige, unsichtbare Mauer zwischen mir und meiner Tochter stehen. Selbst wenn ich lauter redete oder gar schrie, sie würde mich nicht hören. Vor etlichen Jahren, als sie gerade zu studieren begann, hatten wir einen ähnlichen Streit. Ich war völlig vor den Kopf gestoßen durch ihre Ankündigung, als Freiwillige irgendwo nach Afrika gehen zu wollen. Es war nicht das erste Mal, dass sie meine Hoffnung, sie würde in den öffentlichen Dienst gehen oder Lehrerin werden, enttäuschte. Trotzdem bedrängte ich sie. Warum so ein gefährlicher Ort? Warum jetzt? Warum gerade sie? Ich erinnere mich an meine harten Worte, aber auch daran, dass ich ihr am Morgen ihres Aufbruchs Geld zugesteckt habe und sie darum bat, nach ihrer Rückkehr ehrgeizig ein Studium für das Lehramt oder den öffentlichen Dienst zu verfolgen. Am Ende des Sommers kam sie zurück, doch im darauffolgenden Frühjahr zog sie aus. Sie verteidigte ihre Unabhängigkeit in einer Weise, die ich mir nie hätte träumen lassen, geschweige denn, dass ich ihr zugestimmt hätte.

Am Tag nach ihrem Auszug saß ich mit meinem Mann beim Essen und schlang in kürzester Zeit zwei Schüsseln Reis hinunter. Daraufhin musste ich mich übergeben und litt die ganze Nacht an Magenkoliken. Das war die körperliche Reaktion auf meine seelische Pein. Ich redete mir ein, meine Tochter sei tot, und das gab mir ein Gefühl des tragischen Verlustes. Mir einzugestehen, dass sie allein da draußen war, hätte mich mit einem Gefühl des Verrats erfüllt. Gedanken und Gefühle rasten durch meinen Körper und verursachten überall Schmerzen, die ich nicht genau verorten oder identifizieren konnte.

»Was meinst du damit, du seist nicht allein? Du bist allein. Wen hast du denn? Einen Ehemann? Kinder? Freunde und Kollegen kommen und gehen. Sei doch nicht so naiv. Du müsstest es doch besser wissen, bei all deiner Ausbildung.«

Eine Hitzewallung nimmt mir den Atem. Ich werde von einem trockenen Hustenanfall geschüttelt.

»Wozu brauche ich einen Ehemann und Kinder, um eine Familie zu haben? Mama, Rain ist meine Familie. Sie ist nicht irgendeine Freundin. Seit sieben Jahren sind wir eine Familie. Was bedeutet das denn überhaupt? Heißt Familie nicht, sich gegenseitig zu unterstützen und füreinander da zu sein? Warum also sollte das, was wir haben, keine Familie sein? Und andere Konstellationen, mit Mann und Kind, schon? Genau das ist es, was diese Leute hinterfragt haben. Das ist alles, was sie in ihrem Unterricht gesagt haben. Und deswegen wurden sie gefeuert. Die Universität hat sie einfach weggescheucht wie Fliegen, ohne jede Erklärung!«

Am weißen Hals meiner Tochter erscheint eine blaue Ader. Als habe ein Zündfunke in ihr einen Motor anspringen lassen. Wohin wird uns das bringen, wenn wir diese Auseinandersetzung die ganze Nacht fortführen? Zu einem Kompromiss, mit dem wir beide leben können? Wenn das im Bereich des Möglichen liegt, dann bin ich bereit, so lange weiterzumachen, wie es auch dauern mag. Wenn wir irgendwie auf einen gemeinsamen Nenner kommen können, dann werde ich nicht aufgeben.

»Mama, Rain ist nicht irgendeine Freundin. Sie ist für mich Ehemann, Ehefrau und Kind. Sie ist einfach meine Familie.«

»Ehemann, Ehefrau und Kind? Aber nichts davon könnt ihr füreinander sein. Könnt ihr heiraten? Könnt ihr eigene Kinder haben? Das ist ja so, als ob ihr mit euren Puppen Familie spielt. Du bist über dreißig und spielst immer noch Familie!«

Regentropfen trommeln gegen die dünne Fensterscheibe und rinnen an ihr hinab.

»Warum kannst du mich nicht so akzeptieren, wie ich bin? Ich verlange doch gar nicht, dass du alle meine Überzeugungen teilst. Aber es warst schließlich du, die mir beigebracht hat, dass es auf dieser Welt alle Arten von Menschen gibt. Menschen, die unterschiedliche Lebensweisen haben. Du hast gesagt, dass verschieden zu sein nichts Schlechtes ist! Warst nicht du diejenige, die mir all das beigebracht hat? Wie kommt es, dass das nicht für mich gilt?«

»Weil du meine Tochter bist! Du bist mein Kind!«

Ich bin drauf und dran, aufzugeben. Wenn es eine Option wäre, würde ich mich aus dem Staub machen und weit weg von meiner Tochter leben. Einfach von hier fortgehen, an einen entlegenen Ort, wo ich nichts von ihrem Leben mitbekäme. Wenn ich sie wie eine Fremde behandeln könnte, täte ich mich dann leichter, sie aus der Ferne mit guten Worten zu unterstützen, sie zu ermutigen oder zu trösten?

»Mama, wir spielen nicht Familie. Ganz und gar nicht.«

»Gut. Beweise mir, dass das kein Spiel ist. Könnt ihr eine Familie sein? Eine Ehe eingehen? Eine Heiratsurkunde erhalten? Zusammen Kinder haben?«

»Es sind Leute wie du, die das verhindern. Hast du darüber schon mal nachgedacht?«

»Du denkst, dass es so einfach ist, eine Familie zu werden? Du denkst, dazu wird man über Nacht? Was weißt du denn schon von Pflichten und Verantwortung, die damit verbunden sind?«

»Mama, hab doch ein bisschen Vertrauen in uns. Rain und ich verstehen unsere Pflichten und Verantwortungen ganz genau. Deswegen tun wir auch unser Möglichstes, einander zu schützen.«

»Warum klammerst du dich so an diesen Unfug? Bitte, bitte komm doch zur Vernunft! Was muss ich tun? Auf die Knie fallen und betteln? Bitte sag mir, was ich tun muss.«

Wenn ich meine Tochter irgendwie wieder auf den Weg zurückbringen kann, den sie verlassen hat, werde ich es tun, ganz egal, was mir das abverlangt. Aber da ist nichts, was ich tun kann. Ich kann nichts ändern.

»Mama, sieh her. Schau. Diese Worte hier – das bin ich. Angehörige einer sexuellen Minderheit. Homosexuell. Lesbe. Das bin ich. Das ist die Realität. So nennen mich die Leute, und sie verhindern, dass ich eine Familie habe, eine Karriere. Ist das meine Schuld? Sag es mir, ist das meine Schuld?«

Meine Tochter zeigt auf das Flugblatt und spricht die Worte endlich laut aus. Worte, die ich niemals von ihr hören wollte.

Sie treffen mich ins Mark, stapeln sich übereinander zu einem riesigen, schweren Bollwerk, unverrückbar, sobald es einmal errichtet ist. Unverdauliche Worte. Worte, die ich niemals werde verdauen können. Worte, die ich nie mehr vergessen werde.

Wie ein in die Ecke gedrängtes Tier schließe ich meine Augen.

•

Es regnet die ganze Nacht.

Stürmische Winde schlagen in einem bedrohlichen Rhythmus gegen das Fenster, bevor sie durch die Gasse davonfegen. Ein greller Blitz durchschneidet den Nachthimmel. Ich höre jemanden aus dem Schlafzimmer kommen, in die Küche und danach ins Badezimmer gehen. Ich liege im Bett und lausche. Geräusche prasseln auf mich herab. Jeder wird mit dem Finger auf mich zeigen. Mich verspotten. Mich vielleicht sogar tadeln und bestrafen. Mit wem um Himmels willen soll ich diese Dinge besprechen? Wäre mein Mann noch am Leben, würden wir nebeneinanderliegen, gemeinsam die Decke anstarren und nach einer weisen, durchführbaren Lösung suchen? Nein. Mein Ehemann war ein emotionsloser Eisklotz und hätte unsere Tochter wahrscheinlich aus unserer Familiengeschichte radiert. Als hätten wir nie ein Kind gehabt, hätte er ihre Existenz verleugnet.

Der Himmel klart auf, und wieder kommt ein neuer Morgen. Meine Tochter hat das Haus schon verlassen. Ich suche in einer Ecke der Waschküche nach brauchbaren alten Lappen. Sie stammen noch aus der Zeit, als ich mich um meinen Mann kümmerte. Manche liegen ganz oben im Regal, wohin ich nicht hinaufreiche. Mein Mann hat die Regalbretter einmal in einer sehr kalten Nacht zusammengezimmert und angebracht. Die Erinnerung daran ist noch sehr lebhaft.

»Brauchen Sie Hilfe?«

Es ist das Mädchen. Bevor ich antworten kann, holt sie einen Küchenstuhl und steigt vorsichtig darauf. Behälter mit Kimchi und Schachteln, deren Inhalt nicht zu erkennen ist, werden nacheinander heruntergeholt. Währenddessen stehe ich bewegungslos in der Tür.

»Nur die Lappen? Sonst noch etwas?«

Das Mädchen schaut mich fragend an, während es mit der Hand weiter hinten ins Regal greift. Ich mustere das Durcheinander in der Waschküche und ringe mich schließlich durch, zu sagen, was ich sagen will. Die Worte purzeln aus meinem Mund, ohne Zusammenhang oder Reihenfolge. Ein rasender Sturm aus Abscheu, Vorurteilen und Hass. Das Mädchen konzentriert sich darauf, die Lappen herunterzuholen und die Behälter und Schachteln wieder auf das Regal zu stellen. Ich habe gute Lust, den Stuhl einfach umzustoßen und sie eigenhändig aus dem Haus zu werfen. Ich will sie an den Haaren hinauszerren, ihr das Gesicht zerkratzen und sicherstellen, dass sie meiner Tochter und diesem Haus nicht mehr nahe kommt. Nein, ich will sie umbringen. Ich will, dass dieses Mädchen, eine endlose Quelle von Pein, Traurigkeit und Unglück, für immer verschwindet.

Die Worte, die ich ihr entgegengeschleudert habe, verfolgen mich den ganzen Tag. Als ich das Haus verlasse, den Bus zur Arbeit nehme und am Krankenhaus aussteige, kommen sie zurück in mein Bewusstsein wie ein Bumerang. Die ganze Zeit zittere ich innerlich, als sei ich von etwas getroffen worden oder hätte einen Zusammenstoß gehabt.

»Was ist hier los?«

Die Stationsschwester findet mich an diesem Abend in der Waschküche. Sie blickt in die Waschmaschine und fängt an, mich zu maßregeln. Sie gibt vor, mich auf frischer Tat ertappt zu haben, aber ich bin sicher, dass die Frau des Professors oder eine der Pflegehelferinnen sich verplappert haben.

»Es sind nur ein paar alte Lappen. Ich habe sie von zu Hause mitgebracht, da ich keine Windeln mehr habe.«

Die Stationsschwester bedenkt mich mit einem gespielt ernsten Blick.

»Ich verstehe«, sagt sie. »Aber es ist nicht erlaubt. Sie können hier keine persönlichen Wäschestücke waschen. Das kostet Wasser und Waschpulver. Das ist ungerecht gegenüber den anderen Patienten.«

Ich erzähle ihr von dem Druckgeschwür auf Tsens Gesäß. Dass die Stelle die Größe einer Faust hat und aufgeweicht ist wie verfaultes Obst. Ich kann ihre Windeln also auf keinen Fall mehrfach verwenden. Die Stationsschwester schaltet die Waschmaschine aus, lässt das Wasser ablaufen und öffnet das kleine Fenster halb. Dann macht sie ihre Position deutlich:

»Ich verstehe, aber die Benutzung der Reinigungseinrichtungen für private Zwecke ist strikt verboten. Hier gibt es nicht einen einzigen Patienten ohne Dekubitus, und die anderen Pflegekräfte sind sicher nicht glücklich über das, was Sie hier tun.«

Es kostet mich viel Kraft, nicht darauf zu antworten. *Wen kümmert es, ob die anderen Pflegerinnen glücklich sind oder nicht?* Ich bringe die tropfnassen Lappen in Tsens Zimmer.

Tsen, die hellwach in der Dunkelheit liegt, lächelt mich an.

»Mama, regnet es draußen? Ist es kalt?«

Sie nennt mich neuerdings Mama, die erste Person, die Tsen auf dieser Welt kennengelernt hat. Ich vermute, dass diese Erinnerung ihr als einzige noch geblieben ist.

»Wir haben Sommer«, sage ich und schüttele verneinend den Kopf, während ich anfange, die von Seife noch glitschigen

Stoffstücke zum Trocknen ins Fenster zu hängen. »Es ist nicht kalt. Es regnet nicht. Es ist heiß. Guck, ich schwitze.«

Ich bin dermaßen verärgert, dass ich in die Luft gehen könnte.

»Mama, komm her. Schau dir das an. Komm, schau dir das an.«

Ich sage nichts und schüttele wütend jeden Lappen geräuschvoll aus, bevor ich ihn aufhänge.

Tsen rührt sich und versucht, aufzustehen. Ich gehe zu ihr und drücke sie aufs Bett zurück. Sie widersetzt sich mir mit all der Kraft, die sie aufbringen kann. Ihre rudernden Arme und strampelnden Beine wirken auf mich wie Strohhalme mit einem Eigenleben. Tsens Gliedmaßen sind übersät von großflächigen, klar begrenzten Leberflecken, die wie Menetekel wirken.

»Ich habe doch gesagt, Sie sollen sitzen bleiben. Bitte bleiben Sie doch einfach sitzen, um Himmels willen.«

Ich halte die Situation nicht mehr aus und drücke sie in die Horizontale. Sie klammert sich an meinen Armen fest und versucht, sich aufzusetzen. Aber ihr Griff ist kraftlos. Tsen murmelt etwas. Das Murmeln, das genauso gut Flehen wie Beschimpfung sein könnte, hört plötzlich auf, und ihr Atem verändert sich. Sie schnappt krampfhaft nach Luft. Ihr Gesicht rötet sich, und ihre Augen füllen sich mit Tränen. Schnell setze ich sie auf und klopfe ihr auf den Rücken.

»Ich habe Ihnen doch gesagt, dass Sie sitzen bleiben sollen. Sitzen Sie einfach nur still. Warum machen Sie es mir so schwer? Ich muss mich auch einmal ausruhen können. Ich bin so müde. Ich glaube, ich werde sterben. Warum machen es mir alle so schwer? Haben sich denn alle gegen mich verschworen?«

Tsens Atem normalisiert sich, ich hingegen werde von

Schluchzern geschüttelt. Ich versuche, damit aufzuhören, aber es will mir nicht gelingen. Tsen legt sanft ihre Hand auf meinen Rücken. In den Armen einer kranken, alten Frau, die nur noch dem Tod entgegenblickt, heule ich wie ein Kind.

»Es tut mir leid. Es ist meine Schuld. Sie können nichts dafür.«

Als ich das sage, habe ich das Gefühl, nicht zu Tsen zu sprechen, sondern zu ihrem nahenden Tod. Vielleicht ist das meine Art, mir zu vergegenwärtigen, dass Tsen wesentlich unglücklicher und schlimmer dran ist als ich. Erst nach längerer Zeit höre ich auf zu weinen und komme wieder zu Atem. Der Auslöser war ein Telefonanruf. Tsen greift nach meinem Handy und reicht es mir. Es ist meine Tochter. Mein Herz schlägt mir bis zum Hals.

»Mama«, empfängt mich Tsen mit erschrockenem Gesicht, als ich wieder ins Zimmer komme, nachdem ich auf dem Gang telefoniert habe. Meine Fußgelenke und Schultern schmerzen. Der ganze Rücken tut weh. Bei jeder Bewegung habe ich das Gefühl, dass meine Gelenke aus ihren Kapseln springen, was äußerst schmerzhaft ist. Die Dinge, die ich zu meiner Tochter gesagt habe, kehren mit Wucht zurück, krallen sich in mein Herz, hinterlassen klaffende Wunden und laufen in meinem Körper Amok. Neben dem Bett sinke ich auf den Boden. Tsen nimmt meine Hand und legt etwas hinein. Es ist einer der Lappen, die ich zum Trocknen aufgehängt habe.

»Mama, da draußen sind Schlangen. Schlangen. Jage sie damit fort.«

Tsens Augen funkeln in der Dunkelheit. Ihr Bewusstsein ist wieder getrübt. Ich nehme den Lappen, gehe hinüber zum Fenster und hänge ihn noch einmal auf, während ich sage: »Kusch! Kusch!«

»Sie ist noch da, oder? Die Schlange?« Tsen versucht erneut, aufzustehen und zum Fenster zu gehen. Um sie vom Fenster abzuhalten, erwidere ich todernst: »Ja, da sind Schlangen. Viele Schlangen.« Bestürzung macht sich in mir breit, rinnt vom Kopf aus durch meinen Körper. Wie kann ich es nur beschreiben? Verwundert stelle ich fest, dass solche Dinge in allen Winkeln des Lebens lauern können. Dinge, mit denen man nie konfrontiert sein wollte und die plötzlich aus dem Nichts auftauchen, sobald man um eine neue Ecke biegt – buh! Das Leben wimmelt von diesen Dingen, sie sind immer und überall. Warum hat mich niemand davor gewarnt?

»Geht weg! Geht weit, weit weg! Kusch! Kusch!«

Ich lehne mich aus dem Fenster und rufe laut. Es wäre schön, wenn sich alles so leicht und bequem verscheuchen ließe. Dann würde jeder mich für einen angenehmen Menschen halten. Ich müsste mich gegen nichts zur Wehr setzen, keine unfreundlichen Dinge sagen und mich nicht fragen, wie tief ich noch sinken kann. Ich vertreibe nicht existente Schlangen, vielleicht sogar ein ganzes Nest von sich in der Dunkelheit windenden Reptilien, und presse meine Zähne zusammen.

Früh am nächsten Morgen zitiert mich Herr Kwon zu sich.

»Es geht um Ihre Patientin Li Tsehi. Ihre Symptome verschlimmern sich, und es ist Zeit, sie in den vierten Stock zu verlegen, wo die anderen Demenzpatienten sind. Sie werden dadurch weniger Arbeit haben. Sie sind ja auch nicht mehr die Jüngste.«

Ein Mann in Anzug klopft an die Bürotür und späht herein.

»Kann ich mich etwas umsehen?«

»Natürlich. Ich bin gleich bei Ihnen.«

Ich vermute, dass es sich um einen Angehörigen eines neuen Patienten handelt. Herr Kwon beauftragt die Oberschwester, den Mann herumzuführen. Dann schließt er die Tür und kehrt an seinen Schreibtisch zurück. Ich sage ihm, je schlimmer es mit der Demenz würde, desto wichtiger sei es, in dem gewohnten Umfeld zu bleiben. Ich habe zwar nur eine mehrwöchige Ausbildung zur Pflegerin absolviert, aber selbst ich weiß das. Steht dieser Mann unter dem Eindruck, dass ich mir mit dieser Arbeit nur die Zeit vertreiben und etwas dazuverdienen möchte wie viele andere Pflegekräfte? Noch nie in meinem Leben war dies die Antriebsfeder für meine Arbeit. Nicht vor meiner Ehe, als ich Lehrerin war, und auch nicht nach der Geburt meiner Tochter, als ich Nachhilfeunterricht gab. Ich habe schon tapeziert, Kindergartentransporter gefahren, Versicherungen verkauft und in einer Unternehmenskantine Essen zubereitet, aber nie habe ich dabei vergessen, wofür ich das tat.

»Ich weiß. Ich kann verstehen, wie Sie sich fühlen. Aber wir können es uns nicht leisten, diesen großen Raum nur mit einer Patientin zu belegen. Auch der Direktor stimmt mir zu. Wir verlieren dadurch Geld, außerdem werden wir bald renovieren. Noch vor dem Winter.«

Jedermann weiß, wie die alten Leute im vierten Stock behandelt werden. Sie erhalten staatliche Unterstützung und leiden alle an fortgeschrittener Demenz. Jeden Tag kämpfen diese Patienten mit Klauen und Zähnen darum, dort auszubrechen – Krankenschwestern würden argumentieren, dass dies ein gängiges Symptom ihrer Krankheit sei –, weswegen an jeder Tür Riegel angebracht sind. Wie kann eine solche Station zur Heilung und dem Trost kranker Menschen beitragen?

Auf der Kante des Sofas sitzend, rede ich weiter. Die Worte purzeln einfach aus mir heraus, ohne einem logischen Faden zu folgen. Während ich spreche, denke ich an meine Tochter und was sie zu mir gesagt hat, an das Mädchen, das ihr diese Worte in den Mund gelegt hat, an die zitternde Tsen und ihre Schreie nach Sonnenuntergang wegen der Schlangen, und nicht zuletzt an meinen Mann, der gestorben und für immer von mir gegangen ist. Die Gedanken tauchen hier und da auf wie die Maulwürfe in »Hau den Maulwurf«. Egal, wie stark ich mit meinem Gummihammer auf sie einschlage, sie verschwinden nicht und werden auch nicht weniger. Immer und immer wieder finde ich mich in Situationen, in denen mir klar wird, dass sich in meinem engen Körper unzählige Erinnerungen ansammeln. Und dass es diese Erinnerungen sind, die mich zu dem gemacht haben, was ich jetzt bin.

»Es ist ja löblich, dass Sie sich so für Ihre Patientin einsetzen, aber wenn Sie sich weiter so stark engagieren, werden Sie diese Arbeit nicht lange durchhalten. Oder haben Sie nicht vor, auf lange Sicht zu bleiben? Sie müssen sich eine härtere Schale zulegen. Auch für uns ist das alles hier nicht immer einfach. Warum nehmen Sie sich nicht den Rest des Tages frei? Ich habe gehört, dass Sie die letzten Nächte im Krankenhaus geschlafen haben? Gehen Sie nach Hause und gönnen Sie sich etwas Ruhe. Tun Sie sich etwas Gutes.«

Herr Kwon erhebt sich von seinem Schreibtisch und hält mir die Tür auf. Er schiebt mich einfach aus dem Zimmer, bevor ich noch etwas sagen kann. Ich kehre zu Tsen zurück und finde sie kindlich zufrieden ihren Joghurt schlürfend. Ich setze mich einen Moment zu ihr. Der Nachmittag ist bislang friedlich verlaufen, frei von Vorfällen oder Unfällen. Aber wenn ich meine Augen schließe, kann ich die Dinge geradezu auf mich einstürzen sehen. Ich habe einen Dominostein angestoßen, ohne mir bewusst gewesen zu sein, dass dieser einen weiteren Stein umstoßen würde und der wieder den nächsten. Damit habe ich eine Welle ausgelöst, die nun unaufhaltsam auf mich zurollt.

•

Nach ein paar Tagen kehre ich in ein leeres Haus zurück. *Tick, tack.* Der Sekundenzeiger der Uhr bewegt sich rhythmisch weiter und durchbricht die Stille, während er unaufhaltsam vorwärtsdrängt. Die Zeit schreitet voran, marschiert auf etwas in der nahen Zukunft zu, von dem ich nicht weiß, was es ist. Was kommt da auf mich zu, mit jedem Tick der Uhr? Ich ziehe meine Schuhe an der Eingangstür aus, setze mich hin und verharre einen Augenblick. Wenn meine Tochter und dieses Mädchen ausziehen würden, würde dieses Haus wieder in seinen alten Zustand zurückkehren? Nein. Dieser Zug war abgefahren.

Ich schalte das Radio an und öffne die Fenster. Das rotglühende Sonnenlicht dringt weit in das Wohnzimmer herein. Ich gehe ins Bad und fülle den großen Eimer mit Wasser. Dann füge ich Allzweckreiniger hinzu und wische das Waschbecken aus. Danach schrubbe ich die Toilette, bevor ich die Kalkspritzer vom Badezimmerboden entferne. Über dem leicht scharfen Geruch hängt nun ein frischer Duft. Ich gehe in das Zimmer meiner Tochter und in das des Mädchens, lüfte das Bettzeug aus und sammle Kissenbezüge und Handtücher für die Kochwäsche ein. Dann nehme ich mir die Küche vor, putze um den Herd und die Griffe der Küchenschränke herum und wische den Küchentisch und die Stühle ab. Das Zimmer des Mädchens schaut aus wie immer – Bücherstapel an der Wand, ihr Koffer quer in einer Ecke, Püppchen von der Größe eines Fingers auf der Kommode, die kleine Garderobe voll behängt mit Kleidern. Hat sie vergessen, dass ich sie gewissermaßen genötigt habe, das Haus zu verlassen? Warum packt sie nicht und geht, nach all dem, was ich ihr an den Kopf geworfen habe? Vielleicht hat sie das gar nicht beeindruckt? Oder weiß sie nicht, wohin? Wird sie eventuell morgen oder am darauffolgenden Tag ausziehen?

Bei dem Anruf hat meine Tochter mich gefragt, ob ich all

das wirklich zu ihrer Freundin gesagt hätte. Ihre Stimme klang dabei völlig nüchtern. Es ist schwer zu sagen, ob sie nur ihren Ärger zurückhielt oder zu erschöpft war, um wütend zu sein. Im Hintergrund hörte ich jemanden rufen, dann Musik und aufbrandenden Applaus. Sie war also nicht an einem seriösen Ort wie der Bibliothek oder einem Vorlesungssaal, so viel war klar.

Wenn du dein Leben wegwerfen willst, dann will ich, dass du aus meinem Haus verschwindest.

Ich weiß nicht, wie oft ich das schon zu meiner Tochter gesagt habe. Aber von ihr kam bislang keine Reaktion. Diesmal hatte ich mit Abwehr und Wut, vielleicht sogar mit Beleidigungen gerechnet, aber anscheinend straft sie mich stattdessen mit Missachtung. Sie weiß genau, was für eine starke Waffe Schweigen sein kann. Als ich mit dem Putzen fertig bin, bricht der Abend an. Durch die offenen Fenster höre ich die alltäglichen, unbestimmbaren Geräusche meiner Nachbarn. Ein aromatischer Duft liegt in der Luft, irgendwie würzig. Stimmen dringen an mein Ohr und entfernen sich wieder, verschiedene Launen wehen herein und verlieren sich wieder. Ich höre, wie das Hoftor geöffnet und wieder sanft geschlossen wird. Das Mädchen muss zurück sein.

»Ah, Sie sind zu Hause. Bestimmt haben Sie noch nichts gegessen, oder doch? Ich habe ein paar Sandwiches gemacht. Wollen Sie eins?«

Sie schält sich aus ihrer Straßenkleidung, wäscht sich die Hände und bringt mir ein paar belegte Brote. Zwischen den beiden dünnen Scheiben drängen sich buntes Gemüse und helles Fleisch. Ich fühle mich bemüßigt, in die Küche zu gehen und zwei Gläser Milch mitzubringen.

»Ich vertrage keine Milch«, sagt das Mädchen. »Davon bekomme ich Bauchkrämpfe.«

Wir sitzen uns gegenüber und kauen auf unseren Broten, als hätten wir vollkommen vergessen, was vor einigen Tagen vorgefallen ist. In meinem Mund mischt sich das Geräusch knackender Salatblätter mit dem Knirschen von trockenem Brot. Die Zutaten verwandeln sich in einen schmackhaften Brei. Aber ich kriege das Ganze kaum hinunter. Das mag an der in Essig eingelegten Peperoni und den herben Gewürzen liegen, die das Mädchen verwendet hat. Vielleicht ist es aber auch die Tatsache, dass sie die Sandwiches gemacht hat. Oder dass zwischen uns schon seit einer Weile peinliche Stille herrscht. Schließlich lege ich mein Brot ab und sage, was ich auf dem Herzen habe.

»Haben Sie sich nach einer neuen Unterkunft umge-schaut?«

Sie kaut in aller Ruhe weiter. Ich füge hinzu, dass es falsch von meiner Tochter war, sich das Geld der Kaution zu nehmen, ohne es zurückzahlen zu können. Im gleichen Atemzug stelle ich aber klar, dass das nicht meine Angelegenheit ist. Dann versuche ich auch noch, ihr begreiflich zu machen, dass dies mein Haus ist und dass ich ein Problem damit habe, die beiden so zusammen zu sehen.

»Wie Sie wissen, habe ich Ihnen bereits vier Monatsmieten im Voraus bezahlt. Dazu noch Essensgeld. Das waren Ihre Bedingungen.«

Sie sieht auf und unsere Augen treffen sich für einen Moment. Ihre Zähne zerteilen knackend ein Salatblatt.

»Wenn Sie mich also von jetzt auf gleich auffordern, zu gehen, weiß ich wirklich nicht, was ich machen soll. Ich kann mir das nicht leisten.«

Sie legt das Sandwich aus der Hand und tupft sich sorgfältig die Mundwinkel ab. Dann spielt sie mit den Tropfen des Kondenswassers auf dem Milchglas.

»Macht es Ihnen etwas aus, mir zu sagen, was Sie so stört? Das würde mir sehr helfen.«

Ich nehme einen Schluck Milch. Sie hat einen schalen Geschmack, weswegen ich sie gleich wieder zurück ins Glas spucke. Vielleicht will ich auch einfach nur Dominanz in diesem Gespräch signalisieren, indem ich so die Aufmerksamkeit auf mich ziehe.

»Sehen Sie mal«, sage ich nach einer längeren Pause. »Das ist mein Haus, nicht das meiner Tochter. Ich bin einfach wütend, dass meine Tochter, die längst im heiratsfähigen Alter ist, keine Verabredungen mit Männern hat und gar nicht daran denkt, zu heiraten.« Ich merke, wie verletzende Worte aus mir herauszuplatzen drohen, aber ich schaffe es nicht, mich zurückzuhalten und meine Sätze mit Bedacht zu wählen. Wenn ich nur kurz zögere, wird sie ihren Mund öffnen und Dinge sagen, die ich nicht hören will. Das muss ich verhindern.

»Ich möchte, dass meine Tochter einen anständigen Mann findet und heiratet. Es ist noch nicht zu spät. Weit weniger attraktive Mädchen heiraten und leben unbeschwert. Sie haben Kinder, eine eigene Familie und Spaß am Leben. Warum steht meine Tochter auf der heißen, staubigen Straße und verplempert ihre Zeit mit diesem Unfug? Wissen Sie, wie das ist, ihr dabei zuzusehen? Versetzen Sie sich doch einmal in meine Lage. Denken Sie wie eine Mutter.«

Mein Gesicht glüht.

»Ich glaube nicht, dass Sie wissen, was für ein Leben Green führt«, entgegnet das Mädchen. »Das hat sie mir schon öfter gesagt, ›Mama hört mir einfach nicht zu‹. Können Sie sie nicht einmal bis zum Ende ausreden lassen? Sie hat ihre eigenen Vorstellungen davon, wie ihr Leben aussehen soll.«

Was um alles in der Welt muss ich mir da von ihr anhören? Worte drängen aus mir heraus, bleiben mir aber im Hals stecken. Ich habe Angst, laut herauszuschreien: Es ist schon so furchtbar, euch zusammen in meinem Haus zu sehen. Was tut ihr, wenn ihr in der Nacht nebeneinanderliegt? Könnt ihr das Vergnügen nachspielen, das mein Mann mir bereitete und ich ihm? Könnt ihr Kinder gebären, die euch zu gleichen Teilen in sich tragen? So wie deine Eltern dich hatten und mein Mann und ich unsere Tochter. Muss ich diese krassen Worte wirklich laut aussprechen, um ihr die Schamesröte ins Gesicht zu treiben und sie zum Schweigen zu bringen? Braucht es etwas so Drastisches, um ihr deutlich zu machen, dass sie irgendwann den falschen Weg eingeschlagen hat, damit sie um Verzeihung bittet?

»Schauen Sie. Meine Tochter ist nicht so ein Mensch. Das weiß ich ganz genau. Ich kenne meine Tochter.«

»Alle Eltern glauben das. Aber wir sind über dreißig. Wir sind keine Kinder mehr.«

Ich wedle mit meinem Arm, um mir Luft zuzufächeln, und stoße dabei aus Versehen das Milchglas um. Die weiße Flüssigkeit breitet sich auf dem Couchtisch aus und tropft über den Rand auf den Boden.

Das Mädchen springt auf, und ich verliere die Beherrschung.

»Hee! Ich bin noch nicht fertig! Setz dich hin und hör mir zu!« Ich zwinge sie, wieder Platz zu nehmen und mir zuzuhören. »Beantworte mir eine Frage: Warum wird meine Tochter, die anderen Menschen in nichts nachsteht, bei der Arbeit so behandelt? Warum stellt sie sich jeden Tag auf die Straße und macht sich zum Gespött? Wenn du so schlau bist, dann erkläre mir, warum man sie so behandelt? Du willst wissen, was mich stört? Wie kannst du das nur fragen? Für wen hältst du mich eigentlich? Denkst du, dass ich so alt und ahnungslos bin, dass du mich einfach links liegen lassen kannst?«

Ohne Sinn und Verstand sprudeln die Worte aus mir heraus. Sie lässt mich schreiend zurück, geht in die Küche und kommt mit einem trockenen Lappen wieder. Ruhig wischt sie die verschüttete Milch auf.

»Sie glauben also, dass ich Green unglücklich mache? Dass ich ihr Leben ruiniere?«

»Ja, natürlich. Du machst meine Tochter unglücklich. Das ist alles deine Schuld. Du bist dafür verantwortlich, dass es mir und meiner Tochter so erbärmlich geht.«

Ich presse meine Kiefer, so fest es geht, zusammen, aber meine Augenwinkel zucken. Sie hebt das Glas auf und stellt es aufrecht auf den Tisch.

»Was, wenn Green nicht unglücklich wäre?«, fragt sie. »Jeder hat seine eigene Vorstellung davon, wie sein Leben aussehen soll.«

»Wie ihr Leben aussehen soll? Wissen deine Eltern, was du hier treibst? Welche Eltern können mit einer Situation wie dieser klarkommen? Denkst du, das Leben eines Menschen gehört nur ihm allein? Das ist nicht die Realität.«

»Meine Eltern hatten zunächst ihre Probleme damit. Vor allem mein Vater. Mein Vater ist ...«

Unwirsch winke ich ab, da ich das nicht hören will.

»Ich möchte Ihnen meine Sicht der Dinge darlegen, wenn es Ihnen nichts ausmacht.«

Vehement schüttele ich den Kopf. In einem fast flehenden Ton sage ich: »Bitte, lass meine Tochter ein gewöhnliches Leben führen. Bitte zieh weiter. Gib sie frei. Bitte mach meine Tochter, mein einziges Kind, nicht zur Außenseiterin. Lass sie ein unauffälliges und normales Leben führen, ohne dass jemand merkt, was sie ist oder nicht ist.«

»Denken Sie doch mal darüber nach, warum Green dort vor der Uni steht«, erwidert das Mädchen schließlich mit fester

Stimme. Dann erklärt sie mir, dass sie es ist, die seit über zwei Jahren die Miete bezahlt und meine Tochter finanziell unterstützt.

»Denken Sie, das tue ich, ohne darüber nachzudenken oder ohne Vertrauen in sie zu haben? Denken Sie, dass ich das für jemanden täte, für den ich nichts empfinde? Auch ich verdiene mein Geld mit harter Arbeit. Manchmal ist es so anstrengend, dass ich mir wünsche, tot zu sein. Denken Sie immer noch, dass ich kein Anrecht auf sie habe?«

Ich möchte ihr sagen, dass ich alles zurückzahlen werde. Jeden Cent, egal wie lange das dauern wird. Aber ich bringe es nicht über meine Lippen.

Das Mädchen fragt: »Was hätten Sie mir gesagt, wenn ich Ihre Tochter wäre?«

Dann sagt sie: »Wir sind seit sieben Jahren zusammen. Wissen Sie, wie lange sieben Jahre sind? Ich verstehe nicht, wie Sie immer noch denken können, dass Green und ich uns nichts bedeuten. Denken Sie nicht, dass Sie zu hart urteilen?«

Mit diesen Worten räumt sie den Teller mit den restlichen Sandwiches und die zwei Gläser vom Tisch und geht in ihr Zimmer.

•

Als ich am nächsten Morgen das Haus verlasse, erhalte ich einen Anruf. Es ist jemand von der Agentur für Pflegehelfer, die mich an das Pflegeheim vermittelt hat. Die Stimme der Frau, die zwanzig Jahre lang Oberschwester in einem Universitätskrankenhaus gewesen war, ist professionell und seltsam einschüchternd.

»Ihnen ist bewusst, dass ich Ihnen eine gut bezahlte Stelle in einer Einrichtung besorgt habe, die nahe an Ihrem Zuhause liegt?«

Während ich weiterhaste, sage ich ihr, dass ich mir sehr wohl darüber im Klaren sei. Tsen wird also heute Morgen in den vierten Stock verlegt werden. Still überlege ich, ob ich mich einfach von ihr verabschieden oder noch einmal alles daransetzen soll, Herrn Kwon vom Gegenteil zu überzeugen.

»Warum haben Sie diese Dinge gesagt? Sie wissen doch, wie es in Pflegeheimen zugeht. Herr Kwon klang nicht gerade erfreut.«

Als ich aus der Gasse auf die Hauptstraße einbiege, sehe ich meinen Bus gerade losfahren. In diesem Augenblick verliere ich das Gleichgewicht und knicke um. Ein scharfer, stechender Schmerz schießt mir vom Fußgelenk bis in den Kopf, und meine Kopfhaut prickelt. Die Frau von der Agentur fährt in Unkenntnis meiner zunehmend misslicheren Lage fort, auf mich einzureden.

»Was können Sie schon für diese Menschen tun, die sowieso am Ende ihres Lebens stehen? Es ist traurig, aber Sie wissen doch, wie es ist. Das ist der Lauf der Dinge.«

Der Lauf der Dinge? Alles, mit dem sie nichts zu tun haben will, ist für sie einfach »der Lauf der Dinge«. So kann sie Unangenehmes von sich wegschieben und muss es nicht mehr sehen. Ihr Tonfall missfällt mir. Wahrscheinlich redet sie immer so daher. Selbst ihren Kindern wird sie dieses Credo vorbeten. Und ihre Kinder werden es ihren Kindern erzählen. Auf die Art und Weise wird eine Sache nach der anderen mit dem Etikett des »Laufs der Dinge« versehen und aus dem Fokus der Aufmerksamkeit gerückt. Nach einiger Zeit wirken die Zustände dann wie in Stein gemeißelt, so übermächtig und erschreckend, dass sie durch ein, zwei Leute bei aller Anstrengung nicht verändert werden können.

»Sie befindet sich nicht im Endstadium. Alles, was ich gesagt habe, ist, dass sie nicht die Station zu wechseln braucht.

Was daran kann Herrn Kwon verärgern?«, sage ich, während ich auf einem Treppenabsatz Platz nehme und meinen schmerzenden Knöchel massiere.

Ich kann fühlen, wie mein Fußgelenk anschwillt. Hinter dem Tor ist plötzlich ein tiefes Bellen zu hören. Ein großer Hund kommt über den Hof gestürmt und funkelt mich, wie verrückt bellend, durch einen Spalt im Eingangstor an. Hastig stehe ich auf und humple weg. Bei jedem Schritt dreht sich mir vor Ärger, Traurigkeit und einem Gefühl von Verrat der Magen um. Es fühlt sich an, als müsste ich mich gleich übergeben. Im Mittelpunkt dieses Gefühlschaos stehen meine Tochter, das Mädchen und die angespannte Situation zu Hause.

»Wenn Herr Kwon sagt, dass er mit Ihrer Arbeit unzufrieden ist, kann ich nichts dagegen tun. Es wird schwer sein, eine ähnlich gute Stelle zu finden. Also halten Sie in Zukunft Ihren Mund und machen Sie, was man Ihnen sagt, in Ordnung?«

Wir Menschen reagieren empfindlich auf alles und wollen nicht hören, was andere uns zu sagen haben. Ich wurde geboren und aufgezogen in einer Kultur, in der man höflich die Augen verschließt und sich ruhig verhält. Ich bin in diesem System alt geworden. Warum also finde ich mich nun an einem Punkt wieder, wo ich diese Dinge plötzlich unter einem anderen Blickwinkel sehe? Mein ganzes Leben lang habe ich immer meinen Mund gehalten, weshalb nicht jetzt? Warum geht mir diese Sache so nahe, dass ich sie nicht auf sich beruhen lassen kann?

Ich finde Tsen in ihrem Bett, Arme und Beine fixiert. Neben der stöhnenden und sich windenden Frau steht ein stämmiger Mann und telefoniert. Eine Stimme aus dem knacksenden Funkgerät an seinem Gürtel teilt ihm mit, dass ein Krankenwagen auf dem Weg ist. Er hebt abwehrend die Hand und hindert mich daran, näher an Tsen heranzutreten. Dann wedelt er in ihre Richtung und informiert mich darüber, dass sie in eine andere Einrichtung gebracht wird.

»Mama? Bist du das? Mama, mach das ab. Das an den Füßen. Es tut weh. Aua.«

Tsen stemmt sich dagegen, während sie mich um Hilfe ruft. Ich verlange zu erfahren, was los ist. Daraufhin geht der Mann auf den Gang und ruft nach der diensthabenden Schwester. Die Oberschwester kommt angerannt, und alle Patienten und Pflegehelferinnen auf dem Gang bleiben neugierig stehen.

»Das können Sie doch nicht machen. Gestern noch hieß es, sie käme auf eine andere Station, und heute wird sie plötzlich in eine andere Einrichtung gebracht? Von einem Tag auf den anderen? Sie mag ja eine alte Frau ohne Angehörige sein, die nicht begreift, was mit ihr passiert, aber so kann man doch nicht mit Menschen umgehen.«

Ich weiß sehr wohl, was das für Pflegeheime sind, die kurzfristig neue Menschen aufnehmen können: Einrichtungen, die ihre Patienten mit Medikamenten ruhigstellen und sich selbst überlassen, bis schließlich der letzte Rest Lebensenergie verbraucht ist und der Tod eintritt. Meine Stimme wird immer lauter. Die Oberschwester nimmt mich zur Seite und raunt mir ins Ohr, ich solle hier nicht so eine Szene machen. In ihrer Stimme schwingen Verwunderung und Missbilligung mit.

»Ist Herr Kwon da? Ich werde direkt mit ihm sprechen.«

»Er ist geschäftlich außer Haus.«

Eine weitere Schwester taucht auf. In der Zwischenzeit hat der stämmige Mann die kleine Ansammlung der neugierigen Beobachter aufgescheucht. Die verschreckten älteren Patienten weichen ihm unsicheren Schritts aus und werden von ihren Pflegerinnen hastig zurück in ihre Zimmer geführt.

»Ruhe! Lasst uns einmal alle tief durchatmen, nicht wahr? Komm doch mal einen Moment zu mir«, höre ich plötzlich die Frau des Professors, die zu guter Letzt aufgetaucht ist und sich zwischen mich und die Oberschwester schiebt. Letztere schickt sie mit ein paar besänftigenden Worten in ihr Büro zurück, während sie mich ins Treppenhaus zieht.

»Was ist denn nur in dich gefahren? Das ist doch nicht deine erste Patientin! Es sieht dir gar nicht ähnlich, dich so an eine alte Frau zu klammern. Sie ist schließlich keine Angehörige. Hat sie im Vertrauen versprochen, dir etwas zu vermachen? Warum regst du dich so darüber auf, dass sie in eine andere Einrichtung gebracht wird?«

Der Schmerz kriecht aus meinem Knöchel das Bein herauf. Mein Rücken tut weh, und meine Fingerspitzen kribbeln. Ich sitze auf einer Treppenstufe und reibe mir die brennenden Augen.

»Was ist los? Was geht in dir vor?«, dringt die Frau des Professors weiter in mich.

Ich schüttele den Kopf. Wie kann ich ihr begreiflich machen, dass ich mich selbst in der Frau sehe, wie ich an Armen und Beinen festgebunden daliege? Wie soll ich so eine realistische Vision erklären? Außerdem, ist es denn Tsens Fehler, dass sie nichts und niemanden mehr hat? Identifiziere ich mich mit ihr, da ich die Hoffnung aufgegeben habe, mich im Alter auf meine Tochter verlassen zu können? Werden wir beide, sowohl ich als auch meine Tochter, am Ende eines langen Lebens gestraft sein mit einem zermürbenden, erbarmungslosen Warten auf den Tod? Wollte ich zumindest das vermeiden?

Warum ist mein Herz immer auf der Hut und hält ständig Ausschau nach möglichen Gefahren?

Es gibt durchaus Leute in meinem Alter, die leben, als seien sie noch zwanzig oder dreißig. Leute, die wissen, wann sie sich einmischen und wann sie sich lieber heraushalten sollten.

Leute, die noch alle Zeit der Welt haben. Leute, die darauf vorbereitet sind. Vielleicht benehme ich mich ja bloß wie eine alte Frau. Vielleicht bin ich in der Vorstellung, alt zu sein, gefangen. Ich ziehe selbst die Grenze zwischen dem, was ich kann und was ich nicht kann, und verschließe mich dadurch gewissen Möglichkeiten von vornherein. Ich zermartere mir den Kopf darüber, wie ich in meinem Leben Hindernissen möglichst aus dem Weg gehen kann. Ich tue alles dafür, meinen Lebensweg von Unkraut und wilden Trieben zu säubern, damit ich dem Tod direkt ins Gesicht blicken kann, wenn er auf diesem gepflegten, letzten Wegstück langsam auf mich zukommt. Ich habe mich selbst davon überzeugt, dass mir fehlt, was man braucht, um noch einmal durchzustarten, zu kämpfen und zu gewinnen, weswegen ich hilflos in meinem eintönigen, sicheren und ereignislosen Leben verharre.

»Aber das hier ist falsch. Das weißt du genau. Das können die ihr doch nicht antun«, sage ich im Aufstehen. Ich belaste den falschen Fuß, greife nach dem Handlauf und sinke zurück. Dann stehe ich vorsichtig wieder auf.

»Natürlich wird sich an ihrem Zustand nichts mehr ändern, aber denk doch einmal an das Leben, das sie geführt hat. Denk an die vielen Menschen, die sie hierhergebracht haben, mit der Bitte, dass wir uns gut um sie kümmern. Als sie noch besser beieinander war, wie oft hatte Tsen da nette Worte für dich übrig? Großer Gott! Und jetzt werfen die sie hinaus wie Müll. Meinst du, dass die mit uns einmal anders umgehen werden? Glaubst du das wirklich? Mach die Augen auf.«

Kann sein, dass ich nicht nur an Tsen denke, als ich ihr das entgegenschleudere, sondern auch an mich. Kann sein, dass ich dabei auch an meine Tochter denke. Das ist nicht einfach nur »der Lauf der Dinge«, es betrifft mich direkt. Etwas, das auf meiner Türschwelle auf mich wartet. Ich bin überrascht, dass diese Worte irgendwo in mir drin waren, und kann kaum glauben, dass sie, bisher tief in meinem Unterbewusstsein verankert, dort nicht bis an mein Lebensende begraben bleiben, sondern jetzt so klar über meine Lippen kommen.

•

Vor dem Fenster geht die Sonne unter.

Mit meiner Zungenspitze fahre ich über die Geschwulst in meinem Mund. Sie wächst unaufhörlich, was es mir schwer macht, zu kauen und zu schlucken. Den ganzen Tag habe ich nicht mehr als ein paar Tassen lauwarmes Wasser zu mir genommen. Als ich meinen Mund öffne, riecht mein Atem säuerlich, weil der Magen vor Hunger rebelliert. Mir verschwimmt alles vor Augen, und mein Kopf brummt. Ich klopfe auf meine schmerzenden Knie und massiere meine verspannten Schultern, während ich mir sage: Nimm dich zusammen. Halt deinen Kopf hoch.

Vielleicht befürchte ich, dass ich es bereuen werde, dieses Chaos angerichtet zu haben. Der Augenblick, als ich Herrn Kwon detailliert auseinandergesetzt habe, warum Tsen nicht in eine andere Einrichtung gebracht werden konnte, was ich tun würde und wie, falls er es doch täte – es war ein kurzer Augenblick. Doch niemand hier scheint eine Vorstellung davon zu haben, was ich riskiert und welche Angst ich in diesem Augenblick ausgestanden habe. Es erklärt die Feindseligkeit und den Hohn, die mir nun jeder entgegenbringt.

»Ja, ich verstehe. Ich weiß, wie das auf Sie wirken muss. Das war nicht unsere Absicht. Wenn sie in eine Einrichtung kommt, in der man auf Demenz spezialisiert ist, kann man sie besser betreuen. Aber ich verstehe, was Sie mir sagen wollen. Wir werden Tsen für den Moment bei uns behalten und später noch einmal über eine Verlegung sprechen.«

Herr Kwon ist erstaunlich schnell eingeknickt – was führt er im Schilde? Welche Berechnungen stellt dieser kompetente, mit allen Wassern gewaschene Mann wohl an?

Die Fixiergurte haben an Tsens Handgelenken Spuren hinterlassen, obwohl die Druckstellen auf ihrer dunklen, schlaffen, mit Altersflecken übersäten Haut kaum zu erkennen sind. Dort gibt es noch so einiges, was nicht gleich ins Auge fällt. Ich ziehe die Bettdecke über Tsens magere Arme.

Nach längerer Stille flüstert Tsen: »Mama, hast du mein Geld gefunden?«

Ich dachte, sie schläft, aber durch die Dunkelheit funkeln mich ihre Augen an. Als ich nicht antworte, wird sie laut. Der Schalter in ihrem Hirn scheint sich wieder umgelegt zu haben, denn der klare Moment ist vorbei. In Augenblicken wie diesen wird mir in aller Deutlichkeit bewusst, wie lächerlich meine nutzlosen Bemühungen für diese alte Frau doch sind, wenn sie sowieso nichts mitbekommt. Um diesen Gedanken zu verscheuchen, schlage ich mir mit beiden Händen auf die jeweils andere Schulter.

»Mmh. Ich habe es tatsächlich gefunden. Es ist jetzt hier in der Schublade.«

»Wirklich? Wo war es denn?«, flüstert Tsen.

»Ach wissen Sie, es war der alte Mann. Der, der zeichnet. Der, der laut ruft.«

»Ich wusste es. Hast du ihm eine Lektion erteilt?«

»Ja, ich habe ihm gehörig die Meinung gesagt.«

»Du hast es wirklich gefunden? Kann ich es sehen? Bitte?«

Ich nehme Tsens Habseligkeiten, die in ein Tuch eingeschlagen sind, vom Regal. Es ist ein Mischmasch aus Urkunden und Ehrentrophäen, Zeitungsausschnitten, Taschentüchern, Dosen und Glasfläschchen.

»Sehen Sie? Ich habe es alles hier hineingetan, damit es niemand finden kann. Nur für den Fall, dass es jemand zu stehlen versucht. Alles gut versteckt.«

Zufrieden nickt Tsen und lächelt, die Lippen verschmitzt geschürzt. Würde sie sich für einen Moment abwenden, wäre unser Gespräch aus ihrem Gedächtnis verschwunden, und sie würde mich das Gleiche wieder fragen. Was ging nur im Kopf dieser Frau vor, die ihre kostbaren Jahre einfach so verschwendet hatte? Was hatte sie dazu bewogen, ihre Zeit, ihr Herzblut und ihr Geld dafür herzugeben, um Probleme in anderen Teilen der Welt zu lösen, die sie nicht einmal persönlich betrafen?

Als ich an diesem Abend das Seniorenheim verlasse, klingelt mein Handy. Das Mädchen. Ich kann mich nicht erinnern, sie jemals angerufen oder von ihr ein Gespräch entgegengenommen zu haben. Aber anscheinend habe ich ihre Nummer irgendwann in meinem Adressbuch gespeichert, denn ihr Name wird vom Display angezeigt. Die Frau des Professors, die mich den ganzen Tag wie Luft behandelt hat, nutzt die Gelegenheit, um sich eilig zu verabschieden und sich schnellen Schritts zu entfernen.

»Wollen Sie nicht rangehen?«, fragt die Neue. Das Handy hört auf zu klingeln, während ich noch daran herumspiele und überlege. Erstaunt schaue ich auf das Display und weiß nicht, was ich tun soll. Schließlich frage ich: »Wie viele Kinder haben Sie?«

»Zwei. Ein Mädchen und einen Jungen«, antwortet sie. Ihr Gesicht ist aufgedunsen, und das Haar hängt fettig herunter, die Spuren eines anstrengenden Arbeitstages. Sie öffnet ihre

Handtasche, deren Bügel abgewetzt sind, und sprüht sich mit billigem Parfüm ein. Für einen Augenblick umgibt uns eine Wolke, die mich an Raumspray erinnert.

»Meine Kinder sagen mir immer, dass ich riechen würde«, erklärt sie.

»Sind sie in der Grundschule?«

»Eines in der Grundschule, eines noch im Kindergarten.«

»Mmh. Ein Alter, in dem man alle Hände voll zu tun hat.«

Immer wenn sich Autos durch die schmale Gasse quetschen, pressen die Neue und ich uns eng an die Hauswände. Dabei können wir es nicht vermeiden, in den Unrat zu treten, den die Leute dort auf dem Boden hinterlassen haben. Ängstlich umfasse ich mein Handy fester.

»Sagen Sie, warum haben Sie das heute gemacht?«, fragt die Neue, als wir die Gasse fast hinter uns haben. Ich suche noch nach einer Antwort, als sie hinzufügt: »Um ehrlich zu sein, war ich froh, dass Sie das gesagt haben. Wirklich. Weil ich nur damit beschäftigt bin, meinen Lebensunterhalt zu verdienen, vergesse ich ganz, dass auch solche Dinge wichtig sind. Alles, was Sie gesagt haben, ist nur zu wahr.«

Gerade will ich von Tsen und der besonderen und ehrenvollen Arbeit erzählen, die sie in ihrem Leben geleistet hat, da murmelt die Neue: »Meine Mutter ist auch in einem Pflegeheim. Ich nehme mir immer vor, sie in den kommenden Tagen zu besuchen, oder zumindest in der Woche darauf, finde aber nie die Zeit. Wenn ich es diesen Monat wieder nicht schaffe, dann wird mein letzter Besuch vier Monate her sein. Aber seien wir doch mal ehrlich, ob nun die Kinder nach ihren Eltern schauen oder nicht, es ist Aufgabe des Pflegeheims, sich um die Patienten zu kümmern, so viel wie wir dafür bezahlen. Ganz gleich, was jemand im Leben geleistet hat, die Betreuung sollte doch wenigstens dem Geldwert entsprechen, den die

Einrichtung erhält. Ich verstehe nicht, warum sie nicht einmal das Nötigste tun. Reine Halsabschneider.«

Unsere Wege trennen sich, und ich starre wieder auf das Handy, als das Mädchen erneut anruft. In dem Moment, in dem ich abnehme, höre ich ihre durchdringende Stimme:

»Wo sind Sie? Können Sie schnell kommen?«

•

Es fängt an zu regnen.

Die Regentropfen fallen immer dichter. Vor der Universität drängt sich eine Menschenmenge. Die Polizei ist vor Ort, aber in der Unterzahl. Ich versuche, näher an den Campus heranzukommen, kann aber wegen der vielen Menschen weder das Eingangstor noch diejenigen sehen, die es blockieren. In einiger Entfernung ruft jemand etwas in ein Mikrofon, was jedoch in der Geräuschkulisse untergeht.

Das ist ungefähr dort, wo meine Tochter stand. Dort, wo sie in der sengenden Sonne ihre Stimme erhob. Dort, wo sie Handzettel austeilte, im Bestreben, gehört zu werden und die Leute aufzurütteln. An einem Platz, der Lichtjahre von der Institution entfernt ist, die sich Universität nennt. Ein Platz, an dem ich nie erwartet hatte, meine Tochter zu finden.

Da es jetzt Nacht ist, kann ich die Stelle nicht ausmachen. Vielleicht in dieser Richtung? Ich versuche, mich ein paar Schritte dorthin zu bewegen. Schulter an Schulter stehen die Menschen, und jeder Versuch, eine noch so kleine Lücke zu finden, um durchzuschlüpfen, scheitert. Niemand scheint mich durchlassen zu wollen. Jedes Mal, wenn ich meinen Kopf nach oben strecke, blendet mich gleißendes Licht. Ich kann nicht sagen, ob es das Aufblendlicht eines Autos ist, Suchscheinwerfer der Polizei oder Lampen, die die Demonstranten aufgestellt haben. Der Lichtschein wird überall von den Regenschirmen und Regenmänteln der Menschen reflektiert. Ich reibe mir die schmerzenden Augen.

»Entschuldigung«, sage ich. »Darf ich mal? Könnten Sie mich bitte durchlassen?«

Meine Stimme geht in den Umgebungsgeräuschen und den Rufen der Leute unter.

»Raus mit unfähigen Lehrern!«, ruft jemand. Andere fallen ein: »Raus!«, »Raus!«, »Raus!« Die dicht gedrängte Menge reckt die Fäuste in die Luft und rottet sich noch stärker zusammen. Die Stimmung wird rau und aggressiv. Sie scheinen gemeinsam etwas zu skandieren. Ein Funke könnte das Feuer entfachen und alles außer Kontrolle bringen.

Ich drehe mich um und lange in meine Tasche.

»Wo bist du?«, schreie ich ins Telefon, als das Mädchen abhebt. »Wo bist du?« In diesem Augenblick tritt mir jemand mit einem großen Stiefel auf den Fuß, ich verliere das Gleichgewicht, und mein Handy fällt mir herunter. Schnell bücke ich mich und taste auf dem Boden herum, aber zwischen den unzähligen Füßen in Stiefeln ist dies aussichtslos.

»Die heiligen Hallen der Lehre sind kein Ort für Homos.«

Hass schürt mehr Hass. Kräftige Schultern und spitze Ellbogen bohren sich von allen Seiten in meinen Körper. Innerhalb kürzester Zeit finde ich mich umringt von großen Menschen in Regenmänteln.

Green ist leicht verletzt. Ich bin auf dem Weg dorthin. Aber ich wollte Ihnen sicherheitshalber auch Bescheid sagen.

Hätte ich das Mädchen nicht besser fragen sollen, was passiert ist, als sie mich vorhin anrief? Hätte ich mich nicht erkundigen sollen, was genau vorgefallen ist und warum? Entfernt höre ich Sirenen und sehe farbige Blinklichter. Sofort weicht die Menge so abrupt zurück, dass einige dabei umgestoßen werden. Ich passe auf, um nicht auf die Menschen am

Boden zu treten, während ich immer noch verzweifelt versuche, mein Handy zu finden.

Die Leute auf der einen Seite brüllen die auf der anderen Seite an. Als ob sie nur auf einen Startschuss gewartet hätten, hagelt es Flüche und Verwünschungen. Wörter, ohne Sinn und Zusammenhang, fliegen durch die Luft und vermischen sich zu einer alles übertönenden Kakofonie. Die Menge ist aufgeheizt, die Stimmung hat sich gefährlich zugespitzt und droht jeden Moment zu kippen. Niemand weiß, was die Menschen rufen, was sie damit meinen oder was sie fühlen, als sie in der Dunkelheit von einer Welle der Wut davongetragen werden.

Ich bin da keine Ausnahme: Wo stehe ich und wo sollte ich stehen? Ich weiß es nicht.

Regentropfen prallen hart auf meine Kopfhaut, durchnässen mein Haar und laufen in Rinnsalen über Gesicht und Hals herunter zu den Schultern. Meine Schuhe haben sich bereits mit Wasser vollgesogen. Schlurfenden Schritts versuche ich, dem Ganzen zu entfliehen. Aber ich bin umzingelt und komme nicht weit.

Dann ändert die wogende Menge die Richtung. Rufe werden laut. Am Tor der Universität ertönen Schreie. Ich höre Fensterscheiben brechen und etwas Schweres zu Bruch gehen. Scheinwerfer streifen zuckend umher. Ich bekämpfe meinen Fluchtinstinkt und mache einen kleinen Schritt vorwärts und dann noch einen. Der Regen nimmt weiterhin zu. Ich richte meinen Blick zum Himmel, der voll von glitzernden, dicken Regentropfen ist.

Vor meinem inneren Auge laufen Szenen ab, die nicht real sind und es hoffentlich nie werden. Meine Tochter, wie sie dort zu einer Kugel zusammengerollt liegt und völlig verängstigt ist. An einem Ort, an dem Gott weiß was passieren kann, umringt von diesem Mob, ist sie allen möglichen Gefahren ausgesetzt und so verletzlich.

Feindseligkeit und Hass, Hohn und Beschimpfungen, Wut und Rücksichtslosigkeit – und sie ist mittendrin. Im Zentrum von alldem.

Ein Wirrwarr von Gefühlen, die in jedem von uns in einem dunklen Winkel ruhen. Wenn man tief genug bohrt, sieht man sie in ihrem Versteck funkeln. Das gleißende Scheinwerferlicht erweckt diese verborgenen Emotionen schonungslos zum Leben.

Sirenen heulen hinter meinem Rücken. Nur langsam bahnt sich der Krankenwagen seinen Weg durch die Menge. Ich schaffe es, mich im Windschatten des Vehikels vorwärtszubewegen. Namen werden gerufen. Ich höre die hellen, panischen Stimmen junger Frauen. Aber ich komme nicht näher an diese Stimmen heran. Bevor ich mich versehe, bin ich wieder von einer Gruppe Männern in schweren Stiefeln umringt. »Aus dem Weg!«, »Rein mit der Trage!«, »Türen zu!« Durch den Lärm sind Kommandos zu hören. Wer ist verletzt? Ist es so schlimm, dass jemand einen Krankenwagen braucht? Ist es meine Tochter? Mein Herz klopft auf einmal wie verrückt. Heiß schießt mir das Blut die Wirbelsäule bis zum Nacken hinauf. Gleichzeitig überläuft mich ein kalter Schauer, und ich zittere, während mein Gesicht brennt und zu explodieren droht. Der Druck auf meine Blase wächst, lange werde ich es nicht halten können. Wie ein Hund, der Gassi gehen muss, fange ich an zu winseln und packe den Arm eines Nebenstehenden.

»Entschuldigen Sie, können Sie mir bitte helfen? Können Sie mich dort hinüberbringen?«

Doch jeder, den ich frage, beugt sich zunächst zu mir her, als ob er die Absicht habe, mir zuzuhören, schüttelt dann aber meine Hand ab und zieht weiter.

»Sie sollten nicht hier sein. Dort entlang können Sie dem Ganzen entfliehen«, rät mir ein junger Mann.

Eine Hupe durchschneidet plötzlich das Geheul der Sirenen. Instinktiv halte ich mich an der Tasche des Mannes fest.

»Entschuldigen Sie, bitte helfen Sie mir hier heraus. Können Sie mich dort hinüberbringen, wo der Krankenwagen steht? Oder nein, eigentlich muss ich dringend zur Toilette. Wissen Sie, wo es eine gibt? Bitte, bitte helfen Sie mir. Bitte bringen Sie mich hier heraus.«

Unsicher blickt der Mann auf mich herunter. Ich wische mir das Wasser aus den Augenwinkeln und zwinkere. Wegen des starken Regens fällt es mir schwer, die Augen offen zu halten. Ich kann praktisch nichts sehen. Der Mann sagt etwas zu der Person neben ihm und fängt an, Platz um sich herum zu schaffen, indem er die Leute wegschiebt.

»Halten Sie sich hier fest und bleiben Sie direkt hinter mir.«

Ich möchte mich einfach nur hinsetzen. Besser noch hinlegen, an irgendeinem Ort, an dem ich ungehindert ein paar Mal tief Luft holen und mich beruhigen kann. Ich möchte an einem Platz sein, an dem ich aus einiger Entfernung beobachten kann, was passiert, so als sähe ich es in den Nachrichten. So als wäre ich jemand, der mit der ganzen Sache nichts zu tun hat. Aber wie soll ich dorthin gelangen? Die Leute um mich herum und das Universum schubsen mich mitten hinein und zwingen mich, dort zu bleiben.

Nun werden wir sehen, wie du dich verhältst.

Im Augenblick kommt es mir vor, als starrten mich alle Umstehenden neugierig an. Während ich jede Anstrengung unternehme, hier herauszukommen, scheinen sie mich mit wissendem, unbeteiligtem Blick zu betrachten.

Bei einem kleinen Lokal, das erleuchtet ist, bettele ich darum, die Toilette benutzen zu dürfen. Ich stoße die schmale Holztür neben der Küche auf und sehe ein kleines Waschbecken und eine Toilettenschüssel. Meine nassen Hosenbeine kleben auf der Haut, und ich kämpfe damit, sie herunterzuziehen. Endlich gelingt es mir und keine Sekunde zu früh. Kaum sitze ich auf der Toilettenbrille, läuft der Urin auch schon aus mir heraus. Ich hatte mit einem Wasserfall gerechnet, aber schnell sind es nur noch Tropfen. Ein Furz entfährt mir lautstark, und ich murmle ohne Scham: »Guter Gott! Guter Gott! Wie um alles in der Welt?«

Eine Hitzewallung bahnt sich den Weg über den Hals bis in mein Gesicht. Meine Schläfen pochen wie verrückt. Ich habe das Gefühl, dass mein Schädel jeden Augenblick explodiert. Ein Körper, den ich nicht kontrollieren kann. Ein Hirn, das ich nicht kontrollieren kann. Nichts um mich herum habe ich noch unter Kontrolle.

»Geht es Ihnen gut?«

Als ich aus dem Lokal trete, kommt der Mann, der offensichtlich auf mich gewartet hat, auf mich zu. In diesem Augenblick fürchte ich nichts mehr als Fragen wie »Geht es Ihnen gut?«. Dieser Köder ist eine viel zu große Versuchung. Sobald er ausgeworfen ist, werden die Worte nur so aus mir heraussprudeln, ebenso wie die Gefühle, die ich kaum im Zaum halten kann. So verletzlich, wie ich bin, kann ich das nicht gebrauchen. Ich fröstele, fange an zu zittern wie ein Tier, das völlig durchnässt im Regen steht.

»Sie sind nicht hier, um zu protestieren, oder? Mitten in diesem Regen und ohne Schirm? Sie sind tropfnass.«

»Kann ich Ihr Handy benutzen? Ich muss dringend jemanden anrufen.«

Mir ist speiübel. Ich glaube, wenn ich hinunter auf den Boden sehe, muss ich mich sofort übergeben. Ich nehme sein

Handy, kann mich aber nicht mehr an die Telefonnummer meiner Tochter erinnern. Ich habe sie immer nur über die Kurzwahltaste angerufen. Gütiger Himmel, ich weiß die Nummer meiner Tochter nicht mehr. Ich kann sie noch nicht einmal anrufen. Was habe ich noch alles vergessen? Mit dem Telefon in der Hand stehe ich im Regen und schluchze.

»Was bedeutet das alles? Großer Gott. Was in aller Welt geht hier vor? Ich verstehe das nicht. Ich habe noch niemals in meinem Leben so etwas gesehen. Wurde jemand verletzt? Wissen Sie das? Wissen Sie, was hier vorgeht?«

Warme Tränen mischen sich auf meinen Wangen mit dem Regen. Der Mann zögert einen Augenblick, bevor er zu sprechen anfängt. Er wählt seine Worte mit Bedacht. Es ist offensichtlich, dass er Wert darauf legt, dass diese alte Frau auch begreift, was er sagt. Aber dann nimmt er doch Worte, die nicht ersetzt oder umschrieben werden können, in den Mund. Ungeeignet. Homosexuelle. Von der Norm abweichend. Lesben. Abnormal. Worte, die ich absolut nicht hören will. Sie öffnen eine verschlossene Tür in meinem Inneren. Die Gefühle, die ich mühsam versucht habe, zurückzuhalten, brechen sich Bahn.

Menschen wie meine Tochter stehen im Zentrum. Auf der einen Seite müssen diejenigen sein, die sie unterstützen, und auf der anderen Seite die Gegner. Polizei und Universitätspersonal waren gekommen, um die Menge zu zerstreuen. *Wo in diesem ganzen Chaos stehe ich? Wie lange bin ich schon hier? Auf welcher Seite steht dieser Mann?* Fragen über Fragen, die ich nicht laut stellen kann.

Meine Beine sacken unter mir weg, und ich falle hin.

»Sie können hier nicht sitzen bleiben. Sie müssen aufstehen.«

Der Mann stellt mich schnell wieder auf die Füße, indem er mich unter den Achseln packt und hochzieht.

»Meine Knie tun so weh, ich glaube, sie brechen jeden Augenblick auseinander. Die Leute gehen nicht aus dem Weg. Ich habe mein Handy verloren. Ich weiß die Telefonnummer meiner Tochter nicht ...«

Wortfetzen vor mich hin murmelnd, gebe ich es auf, meine Tränen zurückzuhalten. Für eine Weile lasse ich einfach alles raus. Es regnet gnadenlos weiter. Am Tor der entfernten Universität ertönen Schreie.

•

Statt am nächsten Morgen zur Arbeit zu gehen, eile ich zu dem Krankenhaus, in das meine Tochter angeblich eingeliefert wurde. Der Himmel ist wolkenlos. Draußen ist es immer noch sehr warm, aber ich spüre, dass der Sommer seinen Zenit überschritten hat und langsam dem Herbst weicht.

»Sie sind hier. Sie müssen völlig geschockt von der Nachricht gewesen sein.«

Als ich die Eingangshalle des Krankenhauses betrete, kommt mir jemand entgegen und begrüßt mich.

»Wir haben uns kennengelernt, an dem Abend in Ihrem Haus. Erinnern Sie sich?«

Ich ergreife ihre Hand und nicke reflexartig. Meine Kehle ist völlig ausgetrocknet und brennt, sodass ich kaum einen Ton herausbringe. Wenn ich zu schlucken versuche, fühlt es sich an wie Dornen in der Kehle. Mir kommen die Tränen, als ich den Namen meiner Tochter ausspreche. In der Zwischenzeit ist noch jemand zu uns gestoßen. Flüsternd werden ein paar Worte gewechselt. Die Gesichter verschwimmen vor meinen Augen und gehen ineinander über. Jemand nimmt meine zitternde Hand und legt mir den Arm um die Schultern.

»Machen Sie sich keine Sorgen. Green ist nicht schwer verletzt. Sie ist zwar im Moment noch auf der Intensivstation, wird aber bald verlegt werden.«

Die Stimme klingt besänftigend, aber ich kann trotzdem Sorge, Anspannung, Angst und Unruhe darin spüren.

»Intensivstation?« Aus meinem Mund kommt nur ein Krächzen.

»Green geht es gut. Aber Yun-Tsis Zustand ist besorgniserregend. Gyong-Is ebenfalls. Die Grundschullehrerin, erinnern Sie sich? Die andere Frau arbeitet an einem Forschungszentrum.«

Ich fühle mich wie in die Luft gehoben und herumgewirbelt. Gemeinsam gehen wir los, untergehakt und uns gegenseitig Halt gebend. Patienten in Krankenhaushemden und Menschen, die Rollstühle durch die Gänge schieben, mustern uns im Vorübergehen. Als ich schließlich die Intensivstation im dritten Stock erreiche, sehe ich das Mädchen von einer der Bänke im Wartebereich aufstehen. Ihre eine Wange ist geschwollen, wahrscheinlich durch einen Schlag. Ihr Kopf ist weiß bandagiert, und einen Arm trägt sie in Gips.

»Sind Sie okay? Ich wusste nicht, dass Sie Ihr Handy verloren hatten. Ich habe Sie immer wieder angerufen, doch alles ging drunter und drüber.«

Ihre trockene Unterlippe reißt genau in diesem Moment in der Mitte auf, und Blut sickert heraus. Ich reiche ihr mein Taschentuch und lasse mich auf die Bank sinken. Dann starre ich auf einen Fleck auf dem Gang. Mein Kopf schmerzt, als triebe man eine Nadel quer hindurch. Oder vielleicht bohrt sich auch etwas Scharfes aus mir heraus.

Dornen. Nägel.

Vielleicht habe ich diese Dinge schon lange in mir getragen und gedeihen lassen, in der Hoffnung, sie würden mich vor der Außenwelt beschützen. Vor Fremden. Doch alles, was sie mir bescheren, sind schreckliche Schmerzen. Ängstlich verfolge ich, wie sich der Kopfschmerz wie eine Wolke über mich legt. Bitte, bitte hör auf, flehe ich. Aber die Worte rollen nur in meinem Mund herum.

Meiner Tochter geht es tatsächlich gut, so wie es mir ihre Freunde gesagt haben. In dem Moment, in dem ich sie auf mich zugehen sehe, fällt mir eine ganze Steinmauer vom Herzen, und Dinge wie Licht und Luft beginnen wieder in mir zu zirkulieren.

»Geht es dir gut? Geht es dir wirklich gut?«, frage ich schließlich, nachdem ich sie eingehend gemustert habe. Ich berühre die Schrammen auf ihrer Stirn und den Ellbogen, betaste die Zehen, an denen Zehennägel fehlen. »Wie stark sind die anderen auf der Intensivstation verletzt? Ist es schlimm?«

Meine Tochter sucht Augenkontakt zu den Menschen, die um die Bank herumstehen, und spricht mit ihnen. Dann kommt sie zu mir zurück, nimmt meine Hand und sagt:

»Mama.«

Nur dieses eine Wort. Dann ist sie eine Weile still. Sie schnieft und fängt an zu wimmern. Ihre Haare kleben unordentlich in ihrem tränennassen Gesicht. Sie versucht zu sagen, dass es wirklich schlimm um die anderen steht. In diesem Augenblick bin ich so erleichtert, dass meine Tochter verschont geblieben ist.

Ich benutze ihr Handy, um der Oberschwester und der Frau des Professors eine kurze Mitteilung zu schreiben. Es wird immer voller im Warteraum. Die Eltern der Patientinnen auf der Intensivstation treffen nach und nach ein. Diejenigen, denen nicht erlaubt wurde, ihre Angehörigen zu sehen, sitzen neben mir und starren mit leerem Blick auf den Boden. Angesichts dieser Menschen schäme ich mich über die Erleichterung, die ich darüber verspürt habe, dass meine Tochter glimpflich davongekommen ist. Nichtsdestotrotz bin ich darauf bedacht, sie so schnell wie möglich nach Hause in Sicherheit zu bringen.

»Yun-Tsi. Es kann sein, dass sie von der Taille ab gelähmt sein wird.«

Solch schreckliche Dinge erzählt mir meine Tochter, als ich sie schließlich hinunter in die Cafeteria bringe, damit sie etwas zu essen bekommt. Sie spricht von einer der beiden Frauen auf der Intensivstation. Ich frage nicht, welche von ihnen Yun-Tsi ist. Ich möchte nicht, dass sie jetzt über das Schicksal dieser Person nachdenkt.

»Ist schon gut, Liebes. Aber nimm jetzt erst einmal etwas zu dir, ja? Sprich jetzt nicht, sondern iss. Bitte!«

Meine Tochter lässt den Löffel sinken und fängt an zu erzählen, was passiert ist. Das Ganze wird unterbrochen von verzweifelten Seufzern, gepaart mit Hoffnungslosigkeit und Trauer.

»Leute sind gestürzt und andere dann blind über sie hinweggetrampelt. Es wurden Gegenstände geworfen. Und die Polizei hat nur zugesehen. So viele haben einfach nur zugesehen. Sie ist so ein zierliches Mädchen. Sie hat vor Schmerzen geschrien und gebrüllt. Diese Menschen. Da war keine Menschlichkeit. Monster.«

Die Hand meiner Tochter zittert wie Espenlaub, als sie ihre Lippen berührt. Das Mädchen sitzt neben ihr und legt ihr den Arm um die Schultern.

»Mama, sie hatten sogar ... Schläger. Wie heißt das noch mal? Baseball. Ja, Baseballschläger. Ich habe jemanden mit einem Baseballschläger gesehen. Es war Nacht. Es war so dunkel, dass wir nichts sehen konnten. Da waren so viele Menschen, so viele Menschen. Menschen wie diese hier oder die dort. Leute, die ich noch nie in meinem Leben gesehen habe.«

Das Mädchen gibt meiner Tochter wieder den Löffel in die Hand. »Komm, nimm einen Löffel. Iss erst mal was.«

»Nur ein bisschen«, sage ich, »du musst essen. Iss erst was, und dann reden wir.«

Sie versucht zu essen, pickt ein paar Reiskörner aus ihrer Suppe. Tränen tropfen von ihrer Wange auf das Tablett, in ihre Suppe. Krankenschwestern, die in unserer Nähe sitzen, blicken verstohlen zu uns her. Ich nehme einen Löffel Reis, stopfe ihn in meinen Mund, mahle demonstrativ mit den Zähnen und mache Schluckbewegungen. Wie eine Mutter ihrem Kind das Essen beibringt. Es ist lange her, dass ich meiner Tochter gezeigt habe, wie man kaut und hinunterschluckt. Zur Kontrolle, dass alles verschwunden war – *Aah, mach deinen Mund weit auf!* Ich tue mein Bestes.

Die Mädchen sitzen mir gegenüber und essen mit gesenkten Köpfen. So nah, dass ich nur die Hand ausstrecken müsste, um sie zu berühren. Ich war mir tatsächlich nicht bewusst, wie weit weg sie von meiner Welt waren, wie es ihnen ging oder ob sie überhaupt eine Grundlage in ihrem Leben hatten. Jetzt erst wird es mir klar. Sie stehen mitten im Leben. Sie stehen mit beiden Beinen fest auf dem Boden und haben ihre Wurzeln gefunden. Sie leben nicht in einer Fantasiewelt oder einem Tagtraum. Ebenso wie ich und jeder andere. Doch im Gegensatz zu uns stehen sie mitten in einem furchteinflößenden, unbarmherzigen Leben. Was sie von ihrem Blickwinkel aus sehen, was sie erreichen wollen und was sie erwartet, vermag ich mir nicht vorzustellen.

Ich kann kaum den Reis schlucken, so darum bemüht, die brennenden Dinge, die aus mir herausquellen wollen, herunterzuwürgen.

•

»Wie viele Menschen hatten sich an diesem Tag dort versammelt? Wann und warum?«, fragt der Reporter.

»Es war lediglich ein Protest gegen ungerechtfertigte Entlassungen. Wie gewöhnlich waren da außer mir zwei andere Lehrbeauftragte, Angehörige einer nicht staatlichen Organisation, drei Studenten und einige Bekannte von mir«, antwortet meine Tochter.

»Mir wurde gesagt, an diesem Morgen sei ein offizielles Treffen mit der Verwaltung der Universität vereinbart gewesen?«

»Richtig. Aber es wurde abgesagt. Welchen Sinn macht so ein Treffen, wenn der Dekan oder der Universitätspräsident nicht anwesend sind? Wen hätten wir dann treffen sollen?« Geräuschvoll zerdrückt sie eine leere Wasserflasche in ihrer Hand.

»Stimmt es, dass Sie von der Universität fordern, die entlassenen Dozenten wiedereinzustellen?«

»Da kann es gar keine Wiedereinstellung geben. Der Betroffene und ich, wir sind nur Lehrbeauftragte, die stundenweise bezahlt werden. Es geht nicht um eine Abfindung oder Pensionsansprüche. Er hatte einen Einjahresvertrag. Genau genommen nicht einmal das – neun Monate.«

»Also hoffen Sie nicht, dass man ihn wiedereinstellt?«

»Alles, was wir möchten, ist eine Entschuldigung und das Versprechen, dass so etwas in Zukunft nicht mehr vorkommt. Der Grund, aus dem man ihn gefeuert hat, war völlig aus der Luft gegriffen. Wir würden hier nicht stehen, wenn es gerechtfertigt gewesen wäre. Eine schlechte Beurteilung seiner Lehreignung beispielsweise. Etwas Nachvollziehbares.«

Der Reporter kritzelt etwas auf seinen kleinen Notizblock, aber ich habe nicht den Eindruck, dass er meiner Tochter wirklich zuhört. Ein Lieferbote auf einem Roller rast durch das offene Tor der Universität. Eine Schar Tauben fliegt erschreckt auf, und einige aufgestellte Plakate fallen um.

»Für Sie ist also der Grund, den die Universität angibt, nämlich ›unangemessene Vorlesung‹, nicht nachvollziehbar? Mir wurde gesagt, dass die Vorlesung des Dozenten nicht den moralischen Ansprüchen genügte.«

»Das ist deren Rechtfertigung. Aber es ist nur ein Vorwand. Warten Sie.« Sie winkt jemanden heran und macht Zeichen. Ein Mädchen mit einem kurzen Pferdeschwanz und ein Junge mit einer John-Lennon-Brille kommen herüber.

»Fragen Sie doch diese Studenten, ob die Vorlesung wirklich unangemessen war.«

Während der Reporter mit den Studenten spricht, tritt meine Tochter in den Hintergrund und mischt sich nicht ein. Ich beobachte sie aus der Entfernung. Ich kann mir nicht sicher sein, was sie in dem Moment sieht, denkt oder fühlt, als sie dort drüben steht. Für mich ist sie ein Rätsel, und das macht mich ängstlich und angespannt.

»War es denn wirklich nötig, diesen Film zu zeigen? An der Uni?«, fragt der Reporter und dreht sich zu meiner Tochter um.

»Das gehörte zum Unterricht. Unsere Aufgabe ist es, unter anderem Arbeitsaufträge zu vergeben. In diesem Fall bestand er darin, den Film anzuschauen, darüber zu diskutieren und eine Stellungnahme dazu zu verfassen. Es handelt sich um einen wichtigen Film, den Studenten gesehen haben sollten. Zudem steht es uns frei, wie wir unsere Vorlesungen gestalten. Das war schon immer so. Dies gilt für mich ebenso wie für alle anderen Lehrbeauftragten auch.«

Ich dachte, sie würde zu mir hersehen, aber sie wendet sich um und blickt direkt den Reporter an. Ihre Haltung zeigt mir, dass sie wütend ist. Das Gewicht auf einem Fuß, stemmt sie eine Hand in die Hüfte.

»Eins noch. Wie würden Sie Ihre Beziehung zu dem betreffenden Dozenten beschreiben?«

»Er ist ein Kollege.«

»Sie müssen sich nahestehen.«

»Hören Sie. Sie glauben, dass ich nur hier bin, um einen Freund zu verteidigen? Ich habe zwei Kurse an einer anderen Universität sausen lassen, um hier zu sein. Daran können Sie ermessen, wie wichtig mir und den anderen Dozenten dieses Thema ist. Die Vorlesung nach eigenen Vorstellungen zu gestalten, das ist das Grundrecht eines jeden Lehrenden.«

Der Reporter unterbricht sie: »Kann es sein, dass Sie Homosexualität unterstützen?«

Die Antwort kann ich leider nicht hören, aber ich kann mir denken, was sie sagt. Sie hält mit ihrer Meinung nie hinter dem Berg. Sie bezieht immer eine klare Position, entweder die eine oder die andere, dazwischen gibt es nichts. Darin ist sie genau wie mein verstorbener Mann. Oder vielleicht ist das auch das Vorrecht der Jugend. Jung zu sein bedeutet, töricht zu sein. Das Kind, das schon die ganze Zeit singend um den Tisch herumrennt, nähert sich mir schüchtern. Ich strecke meine Hand nach seiner aus. Seine Finger sind klein und weich, wie frisch gedämpfter Reis. So weich, sie würden wie Eiscreme in meinem Mund schmelzen.

»Ganz schön heiß, oder? Komm her. Setz dich.«

»Es ist heiß«, sagt das Kind.

Weiß dieser Junge, dass seine Mutter auf der Intensivstation liegt? Hat er eine Ahnung, warum? Warum seine Großeltern auf der Straße stehen und die gleißende, den Erdball versengende Sonne anstarren, während sein Vater am Krankenbett der Mutter sitzt und ihre Hand hält? Was für einen Eindruck würde es auf ihn machen, wenn seine Mutter, die ihn immer mit starken Armen und Beinen hochgehoben hat, plötzlich im Rollstuhl auf ihn zukommt? Noch während mir diese Gedanken durch den Kopf schießen, versuche ich verzweifelt, nicht zu den Großeltern des Kindes hinüberzublicken. Vielleicht schulde ich dem alten Ehepaar eine Entschuldigung. Vielleicht sollte ich mich vor ihnen verbeugen und unter Tränen bekennen, dass all dies nur passiert ist, weil ich meine Tochter falsch erzogen habe. Aber wie kann ich denn laut aussprechen, dass ihre kostbare Tochter nur wegen meiner verletzt worden ist? Ich kann nicht einmal nachvollziehen, was das Paar zu der Aussage bewogen hat, niemand sei schuld an der Tragödie.

Ich ziehe den kleinen Jungen zu mir her und wische den Schweiß von seiner Stirn.

»Komm, magst du dich nicht setzen?«

Der Junge, klein wie eine Eichel, setzt sich neben mich. Ich sammle ein paar der Handzettel zusammen, lege sie aufeinander und fächele dem Jungen damit Luft zu. Seine weichen, glänzenden Strähnen flattern leicht in dem Windhauch. Das Kind wippt mit seinen herunterhängenden Füßen in der Luft.

Die Fragen gehen weiter: »Wie lange haben Sie schon einen Partner? Also die Person, mit der Sie im Augenblick zusammenleben?«

»Über sieben Jahre«, antwortet meine Tochter. Und für einen Moment sind ihre Gesichtszüge völlig entspannt. Wahrscheinlich denkt sie an das Mädchen und was sie gerade tut. Am heißen Ofen stehen und braten, grillen, frittieren.

Aber wo liegt die Hoffnung in so einer Beziehung? Wenn sie einmal vorbei ist, ist nichts Bleibendes daraus entstanden.

Jetzt bin ich es, die Fragen stellt. Ich denke an all die Kleinigkeiten, die dieses hohle, nichtssagende Wort, das in aller Munde ist, eigentlich ausmachen. »Liebe«.

Wenn man zum Beispiel im gleichen Bett schläft, sich streichelt und ja, was könnt ihr darüber hinaus überhaupt machen und wie? Kann man das Sex nennen? Könnt ihr das Vergnügen und die Freuden, die eine Frau mit einem Mann empfinden kann, auch erleben? Und wenn ja, wie geht das?

Das ist schiere Neugier. Fragen, wie sie jeder andere auch stellen würde. Das Kind, das ich zur Welt gebracht habe, ist mir so fremd, wie einem jemand nur fremd sein kann. Ich werde nie aus ihr schlau werden. Ich würde sie gerne fragen, ob es wirklich das ist, was sie von ganzem Herzen möchte. Eine Beziehung, aus der kein Kind entspringen wird. Ein bedeutungsloses Band, das zu nichts führt. Ein Leben, das bis zum Ende unvollständig bleiben wird. Nicht zu vergessen die andauernde Missbilligung und die Beleidigungen, die ihnen auf Schritt und Tritt entgegengebracht werden. Die Bürde, die sie wegen der Demütigungen und Selbstvorwürfe zu tragen haben werden.

Willst du das wirklich?

Ich möchte das alles wissen. Wie der Reporter, ein völlig Fremder, der einen kleinen Schreibblock in der Hand hält und vorgibt, Notizen zu machen. Ohne Erwartungen, ohne Hintergedanken oder Furcht möchte ich Fragen stellen und auf die Antwort warten. Aber es ist angsteinflößend, sich all dieser neuen Dinge bewusst zu werden.

Trotzdem, ich muss fragen. Ich habe keine andere Wahl. Ich muss darauf vorbereitet sein und Fragen stellen, bis ich nicht mehr kann. Weil meine Tochter mein Kind ist. Es ist meine Pflicht, zu wissen, wer sie ist. Ich möchte nicht zu den Eltern gehören, die sich einfach abwenden. Wenn ich zögere und den Antworten aus dem Weg gehe, wird das nur dazu führen, dass ich meine Tochter verliere.

»Aber man darf nicht vergessen, dass die Universität einen

religiösen Träger hat. Also wird es für den Verwaltungsrat nicht einfach zu verstehen sein. Oder was meinen Sie?«

Der Reporter schirmt seine Augen vor der Sonne ab. Daher kann ich nicht erkennen, was seine Miene über seine eigene Meinung verrät.

»Da gibt es nichts zu verstehen. Diese Angelegenheit verlangt kein Verständnis, nur die Anerkennung eines Grundrechts. Etwas, das jedem Menschen in unserem Land von Geburt an zusteht. Das Privatleben darf keine Rolle im Berufsleben spielen. Ist das etwa zu viel verlangt? Die klare Trennung von Privat- und Berufsleben? Den Dozenten ihre Grundrechte zuzugestehen – das ist doch selbstverständlich.«

Die feste Stimme meiner Tochter trägt bis zu mir rüber.

●

Meine Tochter wäre fast gestorben.

Das werde ich Tsen sagen, wenn sie fragt.

Warum? Was ist passiert?

Wenn Tsen weiterfragt, werde ich mich die ganze Nacht mit ihr über die Dinge unterhalten, die ich bislang noch niemandem anvertraut habe. Aber als ich nach drei Tagen zum ersten Mal wieder in das Pflegeheim komme, ist Tsen nicht mehr da.

Alles, was man mir sagt, ist, dass sie in eine auf Demenz spezialisierte Einrichtung gebracht wurde. Tsens Zimmer ist leer, und die Tapete sowie der Anstrich wurden schon von den Wänden entfernt. Ein »Zutritt verboten«-Schild lässt vermuten, dass Umbaumaßnahmen begonnen haben. Im Raum hängt der feuchte, Übelkeit verursachende Geruch von Zement.

»Sag nichts. Verhalte dich ruhig. Es ist so, wie es ist. Fang nicht an zu diskutieren. Verstanden?« Die Frau des Professors, die die Lage schnell überblickt, kommt zu mir, drückt mir fest die Hand und ist auch schon wieder verschwunden.

Plötzlich finde ich mich auf dem Gang wieder, als Pflegerin ohne eine Patientin, um die ich mich kümmern muss. Niemand sagt mir, was passiert ist. Niemand sagt mir, welche Arbeit mir nun zugeteilt worden ist und wie anstrengend sie sein wird.

»Setzen Sie sich. Herr Kwon wird gleich kommen.«

Die Schwestern begegnen mir recht förmlich, als hätten sie sich abgesprochen. Wie an meinem ersten Tag setze ich mich auf das niedrige Sofa gegenüber dem Empfang und warte darauf, dass Herr Kwon mich in sein Büro bittet. Die Mittagspause ist schon lange vorbei, als er schließlich auftaucht. Der alte Direktor des Pflegeheims und seine Frau haben ihn im Schlepptau.

»Oh, da sind Sie ja. Ich hörte, dass Sie sich um Privatangelegenheiten kümmern mussten. Konnten Sie sie erledigen?«, wendet er sich an mich.

Der Direktor und seine Frau gehen in das Büro von Herrn Kwon, der mich zum Versorgungsmittelraum begleitet.

»Kann ich Sie einen Augenblick dort drin sprechen?«, sagt er.

Ich gehe hinein, und er schließt geräuschvoll die Tür hinter uns. Durch das kleine Fenster des Raums sehe ich zwei Krankenwagen. Auf der Fahrerseite ragen ein Paar lange Beine aus der offenen Tür. Weißer Zigarettenrauch steigt auf. Den Krankenwagenfahrern hat man eine Prämie versprochen, wenn sie neue Patienten heranbringen. Es ist ein offenes Geheimnis, dass die Gewerkschaftsbeiträge, die das Pflegepersonal halb gezwungenermaßen bezahlen muss, als Bestechungsgeld bei den Einrichtungen landen, die diese dann an die Krankenwagenfahrer weitergeben. Die tun alles, um potenzielle Patienten aufzutreiben. Da werden dann aus völlig gesunden Menschen plötzlich Kranke, denn jeder Patient bringt Geld.

»Wir konnten ihr einfach nicht mehr die spezielle Pflege geben, die sie braucht. Deswegen haben wir eine andere Einrichtung für sie gefunden. Das wollte ich Ihnen nur persönlich sagen.«

Ich frage nicht, warum dies während meiner Abwesenheit beschlossen wurde. Ich weiß ja, wie diese Leute denken. Die Wahrheit würden sie mir sowieso nicht sagen. Die Autotüren werden geschlossen, und die beiden Krankenwagen verlassen die Parkbucht.

»Wann wurde sie verlegt?«, frage ich.

»Heute Morgen«, antwortet er. »Die Empfehlung war, dass sie ankommt, wenn es noch hell ist, damit sie nach dem Mittagessen die Einrichtung in Ruhe kennenlernen kann.«

Für einen Augenblick bin ich abgelenkt durch den Anblick der kleinen Spritzen, der langen Kanülen, der Schachteln mit Desinfektionsmitteln und der Großpackungen mit Tabletten, die sich auf den Regalen des Versorgungsmittelraums stapeln.

Dann platzt es aus mir heraus: »Herr Kwon, leben Ihre Eltern noch?«

Wenn dies der Fall ist, müssten sie in den Achtzigern sein. Ich verbinde mit dieser Frage nicht die Hoffnung, noch irgendetwas ändern zu können. Schnell versteht er, was ich versuche, damit zu sagen.

»Sie sind schon verstorben«, sagt er. »Ist länger her.«

Es kann sein, dass er nicht die Wahrheit sagt.

»Hätten Sie Ihren eigenen Eltern so etwas angetan?«, murmle ich und kann nicht umhin, hinzuzufügen: »Es ist nicht richtig. Das einfach so zu entscheiden, ohne die Zustimmung anderer einzuholen. Ohne es mir zu sagen. Das ist wirklich nicht richtig.«

»Wenn sie Familie hätte, hätten wir natürlich deren Einverständnis eingeholt. Aber Sie wissen doch genau, dass dies nicht der Fall ist. Kein Gesetz schreibt uns vor, die Pflegerin der Patientin um Erlaubnis zu fragen.«

Herr Kwon wirkt gereizt und erschöpft. Es ist ungerecht, ihm die ganze Verantwortung anzulasten und dabei die höchsten moralischen Maßstäbe anzulegen. Dessen bin ich mir bewusst. Das, was wir heutzutage Arbeit nennen, hat ziemlich gelitten. Die Zeiten sind lang vorbei, als eine Anstellung noch die Fähigkeit hatte, die Ausführenden mit Stolz und Zufriedenheit zu erfüllen, wie dies über Generationen der Fall war. Der Mensch hat nicht länger die Kontrolle über seine Arbeit, sondern wird nun von ihr kontrolliert. Jeder muss sich strecken, um nicht abgehängt und übersehen zu werden. Am Ende kommt für jeden einmal der Augenblick, in dem er aus dem Arbeitsleben gestoßen wird und zugeben muss, versagt zu haben.

»Wir geben Ihnen bis Monatsende Zeit, Ihre Sachen zu packen.«

Als ich diese Worte aus Herrn Kwons Mund höre, merke ich, dass ich mich schon eine ganze Weile für diesen Moment gewappnet habe. So etwas kommt nicht aus heiterem Himmel, aber man kann sich weder darauf vorbereiten noch es verhindern. Ich frage, wo Tsen hingebracht wurde.

»Sie wissen sehr genau, dass ich das nur Familienangehörigen mitteilen darf.«

»Ich war für sie Familie. Das wissen Sie«, werfe ich ein.

»Das ist aber nicht das Gleiche.« Er versucht, irgendetwas zu sagen, schüttelt den Kopf und verlässt den Raum.

Auch ich gehe hinaus und steuere auf die Abfallcontainer an der Rückseite des Gebäudes zu. Ich öffne den Deckel und durchsuche mit bloßen Händen die verschmutzten Beutel. Ich wühle mich durch all die Tücher und Windeln voller Kot und

Erbrochenem, Blut und Eiter, die nassen Zeitungen, die zerbrochenen Glasflaschen, die schmutzigen Kanülen und Spritzen.

Die Frau des Professors kommt aus dem Haus auf mich zugerannt. »Was ist los? Was ist passiert? Was hat Herr Kwon gesagt?«

Ich löse den Knoten eines großen Abfallsackes, der mir bis zur Hüfte reicht, und schüttele ihn aus. Der Inhalt fällt lautstark zu Boden.

»Was um alles in der Welt tust du da?« Die Frau des Professors packt mich am Arm. »Hast du den Verstand verloren? Hör auf damit!«

Ich mache mich los und sage: »Kümmere dich um deine eigenen Angelegenheiten.«

»Wie kann ich das tun, wenn du in diesem Zustand bist?«, erwidert sie. »Was ist denn los? Sag mir doch einfach, was los ist?«

Ich hocke inmitten des Abfallhaufens und wühle ihn durch, während ich sage: »Warum hast du das nicht eher gefragt? Warum hast du deinen Mund nicht aufgemacht, als sie sie weggebracht haben? Warum hast du mich nicht angerufen?«

»Oh, um Himmels willen! Bist du so närrisch, dass du unsere Stellung hier nicht begreifst?«

Ich beherrsche mich und frage nicht: Hättest du nicht trotzdem etwas unternehmen können? Es ist doch nicht meine Schuld. Es ist auch nicht ihre Schuld. Nie ist jemand schuld. Wenn wir uns das immer wieder gegenseitig versichern, von wem sollen all die Opfer dieser Welt eine Entschuldigung erwarten? Ich bilde da keine Ausnahme, auch wenn mir neuerdings diese Gedanken durch den Kopf gehen. Die Frau des Professors murmelt etwas in sich hinein und kehrt in das Gebäude zurück. Soll sie doch der Neuen und den Krankenschwestern erzählen, dass das alte Weib endgültig seinen Verstand verloren hat. Vielleicht verbreitet sie auch noch schlimmere Dinge über mich, aber das kann ich auch nicht ändern. Ich möchte mich nicht mehr davon abhalten lassen, das zu tun, was getan werden muss, nur um nicht anzuecken – Schluss damit. Mein ganzes Leben lang habe ich mich immer wieder zur Vernunft gerufen, doch das ist nun vorbei.

Endlich finde ich die beiden Urkunden, zerrissen und schmutzig. Glücklicherweise finde ich auch die kleine Ehrentrophäe. Die Spitze ist abgebrochen. Das waren Tsens Schätze. Schnell wische ich sie mit einem Taschentuch ab und stecke sie in meine Tasche.

•

An diesem Abend höre ich kurz vor Sonnenuntergang, wie die Eingangstür geöffnet wird. Es ist das Mädchen. Ich liege zusammengerollt auf dem Sofa und beobachte, wie sie ihre Schuhe auszieht und hereinkommt. An ihrer linken Schläfe ist immer noch ein blauer Bluterguss zu sehen. In einem Mundwinkel klebt getrockneter Eiter.

»Oh, Entschuldigung. Ich wusste nicht, dass Sie zu Hause sind.«

Ich erwidere nichts und schließe die Augen. Die letzten Sommertage haben noch einmal schwüle Hitze mit sich gebracht, die drückend auf mir lastet und nicht weichen will. Sobald ich die Augen schließe, scheint die Feuchtigkeit in mich einzudringen, und ich fühle mich nasser und nasser. Ich habe den Eindruck, dass die Tapeten aufgeweicht sind und sich von den Wänden lösen, deren Fundamente im Boden zu versinken drohen. Das ganze Haus ächzt, als ob es jeden Augenblick in sich zusammenfallen würde.

Eine Hand befühlt meine Stirn.

»Geht es Ihnen gut?«, fragt das Mädchen. Ich bin zu kraftlos, um ihre Hand wegzuschieben.

»Sie haben Fieber. Wollen Sie, dass ich Sie ins Krankenhaus
bringe?«

Ich winke ab und sage, dass es mir gut geht. Daraufhin
bringt sie mir eine Sojabohnensuppe mit Zucchini und eine
Schüssel dünnen Reisbrei.

»Versuchen Sie, etwas zu essen. Ich werde schnell zur Apo-
theke gehen und etwas für Sie besorgen.«

Das Mädchen bricht auf. *Tick, tack.* Die schrägen Strahlen
der letzten Abendsonne fallen ins Wohnzimmer, während die
Uhr einschläfernd tickt. Langsam setze ich mich auf. In den
Gelenken reiben die Knochen aufeinander, und sofort ist der
Schmerz wieder da. Meine Arme tun mir weh, als würde jemand sie mir ausreißen wollen. Ich nehme den Löffel und
probiere die Suppe des Mädchens. Ich muss wieder zu Kräften
kommen. Ich muss aufstehen. Jedes Mal, wenn ich mir das
vorsage, denke ich an meine Tochter.

Meine Tochter steht in diesem Moment auf der Straße.

Sie steht auf der Straße, wo ohne Vorwarnung alles Mög-
liche passieren kann. Dinge, die ich mir in meiner jetzigen
Verfassung nicht einmal vorstellen kann. Sie steht dort draußen und könnte jederzeit von allen Seiten attackiert werden.
Bei diesem Gedanken bekomme ich keinen Bissen runter. Ich
kann mich nicht überwinden zu essen.

Das Mädchen kommt zurück. Sie hat Tabletten gegen Er-
kältung, eine Flasche mit medizinischem Kräutertee und zwei
Päckchen ABC-Pflaster mitgebracht. Ich nehme von den Pillen
und mache mich daran, ihr die ABC-Pflaster auf Rücken und
Schultern zu kleben. Die Stille im Wohnzimmer wird nur
unterbrochen vom Aufreißen der Päckchen, dem Herausneh-
men der Pflaster und dem Zerknüllen der Plastikhüllen. Sie

zieht ihr Shirt hoch, und ich sehe einen langen, tiefroten Kratzer, der sich über den Rücken bis zur Hüfte hinunterzieht. Etwas Scharfes scheint darübergeschrammt zu sein.

»Hast du das anschauen lassen?«, frage ich.

»Nein, so schlimm ist das nicht«, meint sie.

Das Pflaster, von dem ich schon die Plastiklaschen abgezogen habe, klebt zusammen. Der kalte Geruch von Menthol steigt zu mir auf.

»Du solltest ein MRT machen lassen«, murmle ich, während ich die beiden Lagen des Pflasters mit meinen Fingernägeln zu trennen versuche. »Man weiß ja nie. Es könnte eine Narbe bleiben. Oder es könnten dauerhaft Schmerzen bleiben, wenn Nerven verletzt sind. Das heilt nicht so leicht.«

Auf ihrem Rücken gibt es verheilte Narben, die wie Gänsehaut aussehen. Außerdem sind da Stellen, an denen ihre Haut dunkler ist.

»Ich habe als Kind unter starker Neurodermitis gelitten. Das ist alles«, erklärt sie.

»Neurodermitis? Das muss schwer für deine Eltern gewesen sein. Kinder haben eine weiche Haut, die anfällig für Entzündungen und Narbenbildung ist.«

Endlich habe ich das Pflaster wieder auseinanderziehen können und klebe es auf ihren Rücken. Dann nehme ich das nächste und ziehe wieder die Schutzstreifen ab. Ich mache eine Bewegung, und sie dreht sich zur Seite. Auf einer Schulter hat sie eine deutliche, schwarze Quetschung und eine frisch verschorfte dunkelrote Stelle, an der die Haut abgeschürft war.

»Du solltest wirklich ins Krankenhaus gehen. Das kann man nicht nur nach bloßem Augenschein beurteilen. Gibt es in der Nähe deiner Arbeitsstelle eine Notaufnahme? Nimm dir auf jeden Fall die Zeit und gehe dorthin.«

Das Mädchen entgegnet nichts darauf. In Ermangelung ei-

ner Antwort oder einer Reaktion stelle ich Fragen und beantworte sie selbst. Indem ich damit fortfahre, vermeide ich, zu
sagen, was mich eigentlich beschäftigt.

Nach Sonnenuntergang erreichen das Mädchen und ich die
Stelle, an der meine Tochter steht.

Bei ihr befinden sich noch mehrere Leute, die Plakate in
die Nachtluft halten. In der spärlichen Beleuchtung ist die
Mimik auf ihren Gesichtern nicht genau zu erkennen. Irgend-
jemand in vorderster Reihe sagt etwas. Ich lasse mich im
Hintergrund nieder, während das Mädchen nach vorne geht
und sich an die Seite meiner Tochter stellt. Die beiden neigen
sich zueinander und scheinen miteinander zu reden. Auf
der anderen Seite erheben sich Rufe, und laute Musik ertönt.
Die ernste Atmosphäre wird gebrochen, und für eine Weile
herrscht Tumult.

»Diese Leute treiben das schon so lange, mich überrascht
nichts mehr. Beten Sie für die Menschen im Krankenhaus«,
sagt die Frau neben mir. Sie gehört zur Familie einer der beiden Frauen, die bei dem Vorfall schwer verletzt worden sind
und immer noch auf der Intensivstation liegen. Während wir
dort warteten, wurde mit großer Anteilnahme von der Frau
mit der Rückenverletzung gesprochen. Ihre Eltern sind nicht
in der Nähe, und den kleinen Sohn sehe ich auch nicht. Vielleicht ist die Frau neben mir ja ihre Schwester? Tante? Oder
doch nur eine Bekannte.

»Möchten Sie etwas davon?«

Ich warte, bis die Frau ausgeredet hat, bevor ich ihr Früch-
te und eine Flasche kaltes Wasser anbiete, die ich von zu Hause mitgebracht habe.

Meine Tochter spricht in einiger Entfernung etwas in ein
Mikrofon. Durch die Lautsprecher klingt ihre Stimme gleich-
förmig und gedämpft. Wegen der Musik und der Rufe auf der

gegenüberliegenden Seite kann ich nicht hören, was sie sagt. So sitze ich nur da und beobachte stumm das Chaos um mich herum.

Es fühlt sich unwirklich an. Dass ich mich an so einem Ort befinde. Dass ich mich zur Zielscheibe von Verwünschungen und Beschimpfungen mache. Ich bin irgendwie in diesen Wahnsinn, den meine Tochter und das Mädchen veranstalten, hineingeschlittert und mache mich einmal mehr zum Narren. Aber wenn es wirklich verrückt ist, welchen Sinn hat es dann, dass diese Frau sich in der tragischen Situation befindet, vielleicht nie wieder laufen zu können? Wie kann ich die unzähligen Tragödien verhindern, die meine Tochter auch in diesem Moment umzingeln, nur auf den richtigen Augenblick wartend, um zuzuschlagen?

Ich kann nicht mehr die Haltung der Gegenseite vertreten. Ich darf nicht. Ich kann doch diesen Kindern nicht sagen, sie sollen im Verborgenen bleiben, schweigen, sich unauffällig verhalten, als gäbe es sie gar nicht, oder direkt von der Bildfläche verschwinden und sterben. Wie könnte ich mich auf die Seite derer stellen, die so etwas sagen? Aber das heißt noch lange nicht, dass ich diese Kinder von Grund auf verstehe. Also, wo stehe ich? Wo sollte ich stehen?

Ich fühle mit diesen Kindern. Ich fühle Trauer und Bedauern. In dieser Hinsicht bin ich nicht anders als viele der Passanten, die neugierig einen Moment stehen bleiben, bevor sie ihren Weg fortsetzen.

»Hast du etwas gegessen?« Nach einiger Zeit gelingt es mir, kurz mit meiner Tochter zu reden.

»Ich hatte mit den anderen ein frühes Abendbrot. Was tust du denn hier? Ich habe gehört, dass du krank warst. Geh lieber wieder nach Hause. Musst du nicht morgen arbeiten? Mir geht es gut. Geh einfach.«

»Das werde ich.«

Komm mit mir mit. Die Worte brennen in meiner Kehle. Aber ich sage sie nicht laut. Denn wenn ich das täte, würden weitere Worte folgen, und ein Wort ergäbe das nächste. Ich sage ihr also, dass ich bald heimginge, und setze mich erneut an eine Stelle, von der aus ich meine Tochter sehen kann.

Es ist bereits zehn vorbei. Das Stimmengewirr der Gegendemonstranten versiegt langsam. Sie müssen nach Hause gegangen sein, mit dem Vorsatz, am nächsten Tag wiederzukommen. Es ist ein langer Kampf. Ein Kampf, der sich hinziehen wird. Wie lange, das weiß keiner der Beteiligten. Die Reihe der Busse, die den ganzen Tag lang wie Perlen an einer Schnur vorbeigerollt waren, löst sich im gleichen Maße auf wie die Warteschlangen an der Haltestelle. Einzelne Fenster des staatlichen Gebäudes, das gegenüber dem Universitätstor liegt, sind hell erleuchtet und strahlen wie Augen.

»Meine jüngere Schwester ist nicht eines Tages vom Himmel gefallen. Sie ist kein Monster, das aus dem Nichts aufgetaucht ist. Sie hat Eltern, Geschwister und Freunde. Sie hat Menschen, die sie lieben.« Vorne am Tisch fängt jemand an, in flüsterndem Ton zu reden.

Das stimmt, er hat recht, sage ich mir und höre aufmerksam zu.

»Wir sind hier. Wir existieren. Wir wollen einfach nur wahrgenommen werden, wollen nur hören: Ja, wir sehen euch. Ist das denn zu viel verlangt?«, meldet sich eine andere Stimme zu Wort.

Ja, so einfach ist es, denke ich bei mir.

Nun konzentriere ich mich darauf, was diese zweite Person zu sagen hat. Ich höre immer weiter zu. Wie lange muss ich noch zuhören, bevor ich mich traue, selbst zu reden?

Es bricht mir das Herz, dass meine Tochter diskriminiert

wird. Sie hat eine lange Ausbildung hinter sich und weiß eine ganze Menge. Aber was, wenn sie gefeuert wird, wenn sie darum kämpfen muss, über die Runden zu kommen, in Armut fällt und bis ins hohe Alter körperlich schwere Arbeit leisten muss, so wie ich? Ich habe Angst, dass ihr dieses Schicksal blüht. Doch das hat nichts damit zu tun, dass meine Tochter Frauen liebt. Deswegen bitte ich auch nicht darum, dass Sie diese jungen Leute verstehen. Sondern einzig und allein darum, dass sie die Arbeit machen dürfen, die sie so gut beherrschen, und dafür angemessen bezahlt werden. Das ist doch nicht zu viel verlangt.

Irgendetwas in dieser Richtung. Werde ich irgendwann einmal dazu in der Lage sein, diese Dinge laut auszusprechen? Sobald Furcht und Verärgerung, Verrat und Empörung, und all die anderen Gefühle, die meine Tochter umgeben, sich verflüchtigt haben? Werde ich dazu in der Lage sein, auszusprechen, dass die Stelle, an der die Kinder stehen, das herzlose Zentrum der Welt ist?

Am nächsten Morgen nehme ich den ersten Bus nach Hause, und während ich zur Tür hineingehe, klingelt das Telefon.

»Hallo, sind Sie das?« Es dauert eine Ewigkeit, bis ich die Stimme erkenne. Es ist die Neue aus dem Pflegeheim.

»Haben Sie Stift und Papier zur Hand? Schreiben Sie schnell auf.«

Sie gibt mir eine Adresse durch, und ich schreibe sie in die eine Ecke eines Flyers.

•

Tsens neue Pflegeeinrichtung liegt drei Busstunden entfernt. Das Taxi lässt mich am Ende einer einspurigen Straße aussteigen, die von unzähligen Gewächshäusern umgeben ist. Dann entfernt es sich. Ich fange sofort an zu schwitzen, während ich mich auf den Weg zu einem in einiger Entfernung stehenden Kirchengebäude aufmache. Selbst aus der Entfernung sieht der ehemalige Sakralbau, der zu einem Pflegeheim umgebaut wurde, heruntergekommen aus. Zwei Kettenhunde fletschen ihre Zähne und bellen mich an.

Ich sage zu Tsen: »Wissen Sie, meine Tochter wäre fast gestorben.«

»Hmm. Du hast eine Tochter?«

»Ja, ich habe eine Tochter.«

»Eine Tochter?«

»Ja, eine Tochter.«

»Hmm, sie muss sehr hübsch sein. Wie ihre Mutter. Wenn sie nach dir kommt, dann muss sie unwahrscheinlich hübsch sein.«

Nein. Die Tsen, die ich hier vorfinde, ist nicht die Anteil nehmende Tsen, die ich kenne. Tsens Pflegerin erzählt mir, dass es mit ihr in den letzten Tagen schlimmer geworden sei. Vielleicht haben sie ihr zu viel Beruhigungsmittel verschrieben. Auf der anderen Seite kann sich der Zustand von gebrechlichen, älteren Patienten über Nacht irreversibel verschlechtern. Mit sorgenvoller Miene lausche ich den Ausführungen der Pflegerin.

Tsen liegt im Bett und starrt an die Decke, ohne ihre Umwelt wahrzunehmen. Ich kann spüren, dass sie sich in einer anderen Welt als der unseren befindet.

Tsen.

Ich verschränke meine Hand mit ihrer, beuge mich zu ihr hinunter und bringe mein Ohr dicht vor ihre Lippen. Ich möchte nur irgendein Lebenszeichen hören, ein Atemgeräusch, sei es noch so flach oder kaum vernehmbar. Verzweifelt suche ich danach. Ich streiche mit meiner Hand über ihre

Stirn und drücke ihren knochigen Fuß unter der Decke, so fest ich kann.

»Als ich Sie zuletzt sah, ging es Ihnen nicht so schlecht. Natürlich waren Sie mal mehr, mal weniger präsent, aber Sie aßen genügend und waren in der Lage, sich länger mit mir zu unterhalten. Tsen? Tsen, ich bin es. Erinnern Sie sich an mich? Sehen Sie her. Sehen Sie mich an.«

Acht Betten stehen dicht bei dicht in dem kleinen Zimmer. Mit Ausnahme von zwei Patientinnen, die aufrecht sitzen, liegen alle bewegungslos auf dem Rücken in ihren Betten. Zwei altersschwache Ventilatoren geben bei jeder Umdrehung ein Quietschen von sich. Dies ist das einzige Geräusch, das die Stille dieses Raumes durchbricht. Vielleicht habe ich aber auch etwas an den Ohren. All meine Sinne scheinen gleichzeitig ihren Dienst zu versagen.

»Wenn ich mehr Zeit hätte, würde ich mich besser um sie kümmern«, murmelt die Pflegerin verärgert und kommt nun ebenfalls herein. »Aber wie Sie ja unschwer sehen können, kann ich keinen Augenblick erübrigen. In dieser Einrichtung gibt es nur zwei Schichten. Jeder muss zwölf Stunden ableisten. Ausgerechnet heute hat sich die Nachtschicht verspätet.«

Die Pflegerin riecht nach Schweiß und nasser Wäsche. Mir fällt ein, dass ich kleine Getränkeflaschen mitgebracht habe, ich biete ihr eine an. Auch den beiden sitzenden alten Leuten bringe ich welche. Dann nehme ich selbst einen Schluck. Er gerät mir in den falschen Hals, und ich muss fürchterlich husten. Ich versuche, auf eine andere Art zu der Pflegerin durchzudringen, indem ich ihr sage, Tsen verdiene es nicht, so behandelt zu werden. Eine liebevolle Pflege sei das Mindeste, womit man ihr Engagement vergelten müsse. Aber die Worte kommen nicht so taktvoll heraus, wie ich es gerne hätte. Ich versuche zu erklären, was Tsen für ein Mensch ist.

»Verdient?« Die Pflegerin unterbricht mich rüde. »Wollen Sie damit sagen, dass hier Menschen liegen, die eine schlechte Pflege verdienen? Ich weiß nicht, was diese Frau Besonderes vollbracht hat. Ich muss keine Einzelheiten über das frühere Leben meiner Patienten wissen. Was würde das für einen Unterschied machen? Hier sind alle gleich, sie sterben, ohne dass jemand Notiz davon nimmt.«

Die Pflegerin wendet sich zum Gehen.

»Hat sie irgendetwas gesagt?«, frage ich. »Hat sie nach jemandem gefragt? Wollte sie jemanden sehen? Hat sie den Wunsch nach einem Lieblingsessen geäußert?«

Während ich diese Fragen stelle, wische ich mir mit einem Taschentuch über das Gesicht. Ich schwitze. Feuchtigkeit dringt aus allen Poren meines Gesichts. Ein alter Mann, der mit einer Hand seinen anderen Arm stützt, hinkt auf dem Gang näher und blickt neugierig in das Zimmer. Obwohl er mich direkt anschaut, sieht er durch mich hindurch.

»Sie sind schon wieder aufgestanden? Habe ich Ihnen denn nicht gesagt, Sie sollen liegen bleiben!«

»Warten Sie, warten Sie noch einen Augenblick«, stammle ich und versuche, ihr noch etwas zu sagen.

Die Pflegerin stellt die leere Flasche ab und starrt mir direkt in die Augen. »Ein Leben in Großmut?«, sagt sie. »Wohltätig? Angesehen? Nur Leute, die glauben, dass das Leben kurz ist, werfen mit solchen Begriffen um sich. Schauen Sie sich doch um. Das Leben ist undankbar lang. Wir alle gehen dem gleichen Ende entgegen: das Warten auf den Tag, an dem wir schließlich sterben. Wenden Sie sich doch an das Verwaltungspersonal.«

In der Verwaltung bekomme ich nur zu hören, dass ausschließlich Verwandte befugt seien, Tsen mitzunehmen. Nur Blutsverwandte hätten per Gesetz das Recht dazu. Ehe ich mich versehe, werde ich hinauskomplementiert und finde mich im Hof wieder, umgeben von bellenden Hunden. Sie knurren kampflustig, bereit, mich jeden Moment anzufallen. Das markerschütternde, wütende Gebell scheint meine Ohren aufzufressen.

Tsen wird hier sterben.

Eines nicht so fernen Tages wird sie zusammengekrümmt auf der Seite liegen, den Blick zur Tür, und ihren letzten Atemzug tun. Das Pflegepersonal wird ihren Körper abtransportieren, die Bettwäsche wechseln und in dem Bett eine neue Patientin unterbringen. Da sie keine Angehörigen hat, wird man ihre Leiche einfach verbrennen. Ihre weiße Asche wird in ein Gefäß gegeben und, mit einem Nummernetikett versehen und zusammen mit all den anderen Überresten, die nicht abgeholt werden, in einem Lager aufbewahrt werden. Dort wird sie zehn Jahre bleiben und gerade so viel Platz einnehmen, wie ihre Urne benötigt. Schließlich wird ihre Asche auf einem unfruchtbaren Stück Land entsorgt werden. Ohne Vergangenheit, ohne Erinnerungen, ohne letzte Worte, ohne Testament und ohne Grabrede.

Tsens Tod wird als mahnendes Beispiel dienen, ein Leben, wie sie es geführt hat, tunlichst zu vermeiden.

Gedankenversunken laufe ich im Hof auf und ab, als hätte ich nichts Besseres zu tun. Die aufgebrachten Hunde beruhigen sich, und ich hocke mich in eine Ecke. Die Sonne geht langsam unter.

Ich sollte zu Tsen gehen. Ich sollte etwas unternehmen.

Doch ich sitze nur hier und starre hilflos in den Sonnenuntergang.

Diese verdammte Hitze. Guter Gott. Am Ende verdorren wir noch alle.

Wenn ich mein Gesicht zum Himmel hebe, ist es in Sekunden schweißnass. Ich schnäuze mich in mein Taschentuch, tupfe mir die Augenwinkel trocken und hole einmal tief Luft. Ich habe die Hoffnung noch nicht aufgegeben. Ich darf nicht resignieren und mir sagen, dass es sowieso nichts bringt, dass es keine Optionen gibt, dass ich nichts tun kann. Das wäre zu leicht. Aufgeben ist leicht. Aber ich werde jetzt nicht einfach heimgehen. Ich kann nicht.

Ein kleiner Kühllaster quält sich die schmale, staubige Gasse herauf und biegt in den Hof ein. Der Fahrer lädt am Eingang Lebensmittel und ein paar Kühlboxen unterschiedlicher Größe aus. Jemand vom Personal nimmt den Lieferschein in Empfang, während der Lieferant mit ihm spricht. Inzwischen kommen zwei Frauen mit Schürzen heraus und nehmen die ausgeladene Ware mit. Niemand nimmt Notiz von mir, so als sei ich gar nicht da.

Was soll ich tun? Und wie soll ich es anstellen?

Alles, was mir einfällt, ist, jeden beiseitezustoßen, der sich mir in den Weg stellt, in Tsens Zimmer zu stürmen, sie auf meinen Rücken zu laden und das Weite zu suchen. Unrealistisch. Für mich nicht durchführbar. So etwas zu versuchen, würde mir nicht im Traum einfallen. Wenn ich meine Augen schließe, rauscht die Zeit wie ein reißender Fluss vorbei, und ich fröstele. In schneller Folge wechseln Tag und Nacht, Sommer und Winter, auf Regen folgt Sonnenschein, Bäume treiben satte grüne Blätter und werfen sie im nächsten Moment ab, nur um als Skelette entlaubte Äste zu tragen. Vielleicht bin ich in der letzten Zeit unwiederbringlich alt geworden.

Aber selbst, als diese Gedanken durch meinen Kopf jagen, gehe ich nicht. Bestimmt bringe ich die Stimme in mir zum Schweigen, die mir zuflüstert, »Zeit, nach Hause zu gehen«. Ich gebe mich noch nicht geschlagen. Warte noch. Schließlich stehe ich auf und gehe in das Gebäude.

»Bleiben Sie stehen. Was sagten Sie noch mal, in welcher Beziehung stehen Sie zu Tsen? Hallo? Sie sind doch keine Verwandte!«

Auf meinem Weg zu Tsens Zimmer ruft mir jemand hinterher und eilt aus dem Verwaltungsbüro. Es ist der Mann, der mir unmissverständlich zu verstehen gegeben hat, dass nur ein Familienangehöriger Tsens Verlegung veranlassen kann.

»Keine Verwandtschaft! Ich bin nicht einmal weitläufig verwandt mit ihr«, antworte ich. Dann setze ich verärgert hinzu: »Ich möchte sie nur ein paar Tage zu mir nehmen. Was ist eigentlich Ihr Problem? Kommen Sie doch mit und sehen Sie selbst, in welcher Verfassung sie ist. Sie ist so gut wie tot. Denken Sie denn, sie wird noch ein paar Tausend Jahre weiterleben? Es kann jeden Tag so weit sein, dass sie von uns geht. Wen scheren da Vorschriften und Verfahrensregeln?«

Der Angestellte, der auf dem Weg zurück in sein Büro ist, bleibt ruckartig stehen.

»Bitte, lassen Sie mich Tsen für ein paar Tage zu mir nehmen. Nur drei Tage. Oder zwei. Einen? Bitte. Sie hat keine Zeit mehr. Es wird kein nächstes Mal geben.«

Der Mann blickt mich sprachlos an.

»Sie hat keine Familie«, sage ich. »Sie hat keine Blutsverwandten. Nicht ein Mensch auf Gottes Erdboden wird kommen, um sie zu besuchen. Familie oder nicht, was spielt das denn für eine Rolle?«

Erstaunlicherweise muss ich keine einzige Träne vergießen.

•

Ich versprach dem Mann, sie nach zwei Tagen wiederzubringen, aber ich habe nicht die Absicht, dieses Versprechen zu halten. Andererseits bin ich nicht darauf vorbereitet, Tsen dauerhaft bei mir zu pflegen. Wäre es nicht schön, wenn ich auf jede Eventualität des Lebens vorbereitet wäre und ihr selbstsicher entgegentreten könnte? Gäbe mir das genug Zeit, um die Dinge genau abzuwägen und zur richtigen Entscheidung zu kommen?

Ich setze mich neben Tsens Bett, um auf den nächsten Morgen zu warten. Ich warte darauf, dass die Wirkung der Medikamente nachlässt. Vor allem will ich sicherstellen, dass die Pfleger Tsen keine weiteren Schlafmittel oder Beruhigungspillen verabreichen. Das Licht geht um 21 Uhr aus, und die Pfleger legen sich gegen 22 Uhr in ihrem Bereitschaftsraum hin. Ich spüre, wie sich eine drückende Stille über den Patiententrakt legt. Die mich umgebende Dunkelheit ist so undurchdringlich, dass niemand sie durchbrechen kann, selbst wenn er von außen dagegenhämmerte.

»Tsen, möchten Sie etwas essen? Meine Tochter kommt morgen früh hierher. Ich habe sie darum gebeten. Sie wollten sie doch immer kennenlernen.«

Ich rede weiter, um damit die Stille zurückzudrängen. Hier ist es so furchtbar dunkel, dass allein das Reden mir das Gefühl gibt, am Leben zu sein. Alles scheint stillzustehen. Ich klappe das Handy auf und versichere mich immer wieder, dass die Zeit vergeht. Irgendwann nicke ich ein und schrecke wieder hoch.

Als ich das nächste Mal aufwache, höre ich die Vögel zwitschern. Schlaftrunken gehe ich zum Fenster. Das blaugraue Licht des Morgens weicht der Helligkeit des Tages. Es dauert nicht lang, und die ersten Sonnenstrahlen fallen in das Zimmer. Der Tag ist schon fortgeschritten, als meine Tochter endlich eintrifft. Nein, sie ist es gar nicht. Die hintere Tür des Taxis öffnet sich, und das Mädchen steigt aus.

»Ich bin eingesprungen. Ich habe alles versucht, aber Green hat es nicht geschafft, aufzustehen.«

Während sie abwartend in einer Ecke des Zimmers steht, setze ich Tsen auf und ziehe ihr die Kleider an, die das Mädchen mitgebracht hat. Ein rosa T-Shirt mit einem Häschenmotiv und eine ausgebeulte kurze Hose. Warum hat sie von allen Kleidungsstücken in meinem Haus ausgerechnet diese ausgewählt? Ich versuche, mir meine Missbilligung nicht anmerken zu lassen. Das Mädchen reibt sich verwundert die Augen, als sie sich im Zimmer umblickt.

Ich habe mich mit Tsen auf die Rückbank des Taxis gesetzt, und das Mädchen hat neben dem Fahrer Platz genommen. Der Wagen nimmt Fahrt auf, als er die Straße hinunterfährt, auf der kaum Verkehr herrscht. Ich bitte den Fahrer, die Klimaanlage niedriger zu stellen, und konzentriere mich darauf, es Tsen so bequem wie möglich zu machen. Im Seitenspiegel erhasche ich einen Blick auf das Mädchen, das gähnt. Bei der nächsten Gelegenheit sehe ich, dass sie mit offenem Mund schläft, den Kopf in einer sicherlich ungemütlichen Position an die Scheibe gelehnt. Ich lange hinunter zu dem Hebel, der die Lehne verstellt, und neige sie etwas nach hinten.

»Geht es Ihnen gut? Haben Sie es auch bequem? Sind Sie hungrig? Was würden Sie gerne essen? Hmm? Halten Sie noch ein bisschen durch. Wir sind fast da.«

Ich werde schläfrig. Damit ich nicht einnicke, rede ich. Tsen wendet sich gelegentlich mir zu und sucht Augenkontakt. Einen Moment scheint es dann so, als sei ihr Bewusstsein klarer, bevor ihre Augen wieder stumpf werden. Es dauert nicht lang, und auch mich übermannt der Schlaf. Wie bei dem Mädchen steht mir der Mund leicht offen.

Das Taxi bremst vor unserem Hoftor. Das Mädchen steigt als Erste aus und öffnet das Tor, das aufschwingt und geräuschvoll gegen die Mauer schlägt. Ich stoße die hintere Autotür auf und helfe Tsen behutsam heraus. Dabei bemerke ich, dass Leben in ihren Gesichtsausdruck kommt wie bei jemandem, der aus einem tiefen Schlaf erwacht.

»Mama, bist du das? Wer ist das? Was geht hier vor?« Meine Tochter kommt aus dem Haus und bombardiert mich mit Fragen. Ich bitte sie mit einer Handbewegung, still zu bleiben, aber sie ignoriert das. Was schließlich dazu führt, dass im Hof auf der anderen Straßenseite Geräusche zu hören sind und ein Mann mit einem Besen in der Hand herauskommt.

»Sie kommen gerade zurück?«

Ausgerechnet jetzt, wo wir alle, die wir in meinem Haus leben, auf der Straße stehen, und das Offensichtliche nicht mehr zu leugnen ist, treffen wir auf den Nachbarn von gegenüber. Eine Situation, von der ich gehofft hatte, sie mein Leben lang vermeiden zu können.

»Ja, wir kommen aus dem Krankenhaus.«

Tsens gebeugter Körper strauchelt beim Aussteigen aus dem Taxi. Ich bitte meine Tochter, Tsen ins Haus zu begleiten, bezahle den Fahrer und schließe die Wagentür. Vorsichtig fährt der Chauffeur rückwärts aus unserer Straße, damit er keines der parkenden Autos streift.

»Das ist wohl Ihre Mutter.«

Obwohl ich schon dabei bin, mit den Taschen, die ich aus dem Pflegeheim mitgebracht habe, durch das Hoftor zu treten, kann der Mann sich diese neugierige Frage nicht verkneifen.

Kurz spiele ich mit dem Gedanken, zu nicken, aber dann sage ich: »Nein. Meine Mutter ist schon seit vielen Jahren tot.

Diese Dame ist eine Bekannte, um die ich mich im Senioren-heim gekümmert habe.«

Damit nicke ich zum Abschied, schließe das Tor und gehe ins Haus.

»Wer ist sie? Mama, wer ist diese Frau?«

Im Gegensatz zu meiner Tochter, die nicht aufhört nach-zubohren, stellt das Mädchen keine einzige Frage. Sie legt Tsen aufs Sofa, setzt sich zu ihr und betrachtet sie eingehend. Die Kinder im Obergeschoss trampeln singend umher. Wahr-scheinlich ist es Zeit für den Kindergarten.

Ich sehe zur Wanduhr und flüstere: »Sie ist die Frau, die ich gepflegt habe. Sie wird bei uns bleiben, da die Umstände dies erfordern.«

»Was für Umstände? Darfst du jemanden aus der Einrich-tung einfach so mit nach Hause nehmen? Darfst du das?«

Meine Tochter folgt mir auf Schritt und Tritt durchs Haus und bombardiert mich mit Fragen. Sie hat immer noch die rote Narbe auf der Stirn, die sie sich an jenem Unglückstag einge-handelt hat. Ich antworte ihr, dass es nur für ein paar Tage ist. Ich werfe einen Blick hinüber in das Wohnzimmer, in dem sich Tsen befindet. Draußen vor dem offenen Fenster erstrahlt die Landschaft klar und hell. Anscheinend haben wir den lan-gen Sommer hinter uns, und über Nacht ist es Herbst ge-worden.

Eine kühle Brise weht zu uns vieren ins Haus herein. Zu meiner Tochter und mir, zu dem Mädchen, das sie mitgebracht hat, und zu Tsen, die ich hergebracht habe. Ich mache den gan-zen Tag nichts anderes, als bei Tsen zu sitzen und auf den Abend zu warten. Wie in einem Traum geht der Tag ereignis-los vorbei, und der Abend senkt sich ruhig über uns.

Am nächsten Morgen begebe ich mich zum Bezirksamt und melde mich arbeitslos. Als ich heimkomme, öffne ich alle

Fenster und wecke Tsen sanft auf. Das Mädchen, das auf sie aufgepasst hat, zieht sich zurück.

»Schön. So schön. Schön wie ihre Mama.«

Tsens warme Augen ruhen auf dem Mädchen. Diese möchte etwas erwidern, aber ich unterbreche sie. »Sind Sie hungrig?«, frage ich Tsen. »Was möchten Sie essen?«

»Was gibt es denn?«

Ich bin erstaunt, dass Tsen mich direkt ansieht. In diesem Augenblick ist sie keine alte, kränkliche Patientin, die vor sich hin vegetiert und die sich an nichts mehr erinnert, sondern ein Mensch, der ein langes, mutiges Leben hinter sich hat.

»Was würden Sie denn gerne essen?«, frage ich erneut und kontrolliere Tsens Gummihose. Es spielt keine Rolle, wie oft ich die Windeln wechsele, der Geruch bleibt. Es ist der Geruch nach Urin und Verwesung, der sich im ganzen Haus breitgemacht hat. Darauf war ich gefasst. Darauf war ich vorbereitet. Doch welche unvorhergesehenen Dinge werden wohl während ihres weiteren Aufenthalts passieren, auf die ich nicht vorbereitet bin?

»Soll ich Ihnen etwas herrichten?«, fragt das Mädchen und springt auf. Tsen streckt die Hand nach ihr aus, und das Mädchen ergreift sie mit einem strahlenden Lächeln auf dem Gesicht.

•

Ich weiche Tsen den ganzen Tag nicht von der Seite.

Aufgrund dieser Tatsache vergesse ich für einen Moment, mich um meine Tochter zu sorgen, mich über das Mädchen zu beklagen, und über die Traurigkeit meiner eigenen Situation. Meine Tochter lässt in den folgenden Tagen keine Gelegenheit aus, ihre Missbilligung auszudrücken, bis sie einfach gar nichts mehr dazu sagt. Vielleicht hat sie schlicht keine

Zeit, sich bei Tsens Pflege zu beteiligen. So ist es immer das Mädchen, das mir hilft. Wenn ich Besorgungen machen muss, wenn ich Essen koche oder Tsen bade, brauche ich ihre Hilfe. Sie ist es auch, die die schweren Müllbeutel mit Tsens Windeln nach draußen bringt.

»Großmutter. Heben Sie Ihren Arm. So. Genau, so ist's recht.«

»Sagen Sie Aaaah! Weiter aufmachen! Aah! Aaaah!«

»Machen Sie eine Faust und öffnen Sie die Hand wieder. Nein, nicht so.«

Manchmal denke ich, Tsen zieht das Mädchen mir vor. Mir gegenüber ist sie trotzig und weigert sich, mir zuzuhören, aber wenn das Mädchen sie um etwas bittet, ist sie lammfromm. Vielleicht liegt es daran, dass sie immer schwächer wird. Wenn ich daran denke, wie es ihr ging, als wir beide noch zusammen im Pflegeheim waren, kann ich mit Sicherheit sagen, dass sie täglich weiter abbaut.

Durch den Tag zu kommen, ist für mich nicht immer einfach und angenehm. Manchmal muss ich mich beherrschen, damit ich Tsen nicht anfauche und mit ihr streite. Beispielsweise, wenn sie grundlos eine Tasse umwirft oder aus heiterem Himmel zu schreien anfängt, sie wolle nach Hause! Manchmal versucht sie auch, aus dem Bad zu entkommen, obwohl sie noch über und über voll Seifenschaum ist, oder sie zieht mich an den Haaren und macht einen großen Wirbel. In diesen Situationen fluche ich, wie idiotisch es doch war, jemanden mit nach Hause zu nehmen, mit dem ich kräftemäßig nicht zurechtkomme. Aber ich schaffe es immer wieder, diese Momente durchzustehen. Auch wenn es von Mal zu Mal schwerer und knapper wird.

Wie anstrengend die Pflege eines bedürftigen Menschen ist, für alles verantwortlich zu sein. Vielleicht möchte ich, dass das Mädchen und meine Tochter sehen, wie grausam und erniedrigend die Aufgabe des Pflegens in Wirklichkeit ist, obwohl sie sich so edel und liebenswert anhört. Vielleicht möchte ich, dass sie diese Erfahrung hautnah machen und nicht nur davon lesen oder hören.

Ich erwarte nicht, dass sie sich in zehn oder zwanzig Jahren um mich kümmern. Ich möchte, dass sie über ihr eigenes Altern nachdenken, über diesen Lebensabschnitt, an den man keinen Gedanken verschwendet, wenn man jung ist, der aber unausweichlich irgendwann kommt. Nur ein einziges Mal sollen sie sich das durch den Kopf gehen lassen. Vielleicht bringt sie das dazu, sich einen verlässlichen Ehepartner zu suchen – jemanden, der die Verantwortung und das Vertrauen mit ihnen teilt. Damit ich eines Tages gehen kann, ohne das Gefühl, sie mit Sorgen, Ängsten, Reue und Enttäuschungen zurückzulassen.

»Tsen. Dieses Mädchen ist nicht meine Tochter.«

Mitten in der Nacht liege ich neben Tsen und flüstere. Ich höre, wie meine Tochter nach Hause kommt, das Mädchen aus ihrem Zimmer eilt, um sie zu begrüßen, das Licht in der Küche angeschaltet wird, Gläser klappern, sich die Tür zu ihrem Zimmer schließt und wieder Ruhe einkehrt.

»Meine Tochter hat das Mädchen in mein Haus gebracht, und sie sind nicht nur Freundinnen.«

An dieser Stelle endet meine Rede immer. Dann bleibe ich stecken und kann alles Weitere nicht in Worte fassen oder gar aussprechen. Die Sätze hängen in mir fest, purzeln durcheinander, prallen auf Hindernisse und hinterlassen Wunden, die ich lebhaft spüre.

»Tsen, was hätten Sie gesagt? Was hätten Sie getan?«

Andererseits fühle ich mich getröstet, wenn ich darüber spreche. In Momenten wie diesen merke ich, dass ich mittendrin bin und kein außenstehender Beobachter. Aber ich weiß auch, dass ich nicht daran zerbrochen oder am Boden zerstört bin.

»Ist jemand draußen an der Tür?«, ruft Tsen eines Nachmittags.

Ich unterbreche das Wäschewaschen und stelle das Radio leiser. Freudestrahlend blickt mich Tsen vom Sofa aus an, wo sie sich eingekuschelt hat. Ich ziehe meine Gummihandschuhe aus und wische ein paar Walnusskekskrümel aus Tsens Gesicht. Nur eine Handvoll Kekse ist noch übrig, von der vollen Schale, die ich ihr hingestellt habe.

»Sie kommt erst in einer Stunde. Wir müssen noch etwas warten.«

Bei diesen Worten zeige ich auf das Zimmer des Mädchens. Aber erst, als ich dessen Tür weit öffne und die Wohnzimmerfenster ebenso, damit Tsen den leeren Hof sehen kann, hört sie auf zu fragen. Doch dann vergisst sie es wieder und fragt erneut.

»Ist jemand draußen an der Tür? Wo kommen sie her?«

Ich sitze auf der Schwelle zum Bad, wasche Scheuerlappen und antworte ihr zerstreut. Eigentlich geht es nur darum, ihr zu zeigen, dass ich in der Nähe bin. Meine Antworten werden kürzer, bis ich schließlich nur noch murmle: »Mmm. Ja.«

Tsen redet weiter, und ich denke bei mir: Wenn ich sie in der schäbigen Einrichtung gelassen hätte, wäre sie schon tot. Es ist ein gutes Zeichen, dass es ihr so viel besser geht. Großer Gott. Wie können sie nur jemanden, der wohlauf ist, wie eine lebendige Leiche behandeln? Aber was, wenn es noch ein oder gar zwei Monate so weitergeht? Wenn mein Arbeitslosengeld ausläuft und ich wieder arbeiten muss? Muss ich dann nach einem Pflegeheim für Tsen suchen? Sie wieder in eine Einrichtung geben? Wird es so weit kommen?

»Sie sagte, da stünden kleine, gelb angezogene Kinder vor der Tür. Kindergartenkinder.«

An einem Nachmittag, exakt zwei Wochen später, kommt das Mädchen in den Hof gelaufen: »Großmutter bewegt sich nicht.« Wie angewurzelt bleibt sie stehen und erzählt mir mit ausdruckslosem Gesicht, was Tsen vor sich hin redete, während ich nicht bei ihnen war. Ich sehe ihr die Verwirrung an und dass sie nicht weiß, was sie als Nächstes tun soll. Während ich ihrem fahrigen Bericht zu folgen versuche, kommt meine Tochter und nimmt mich in den Arm.

»Wie kleine gelbe Küken. Sie sagte, sie habe nicht schlafen können, wegen des wirren Geplappers der Kinder bei der Tür. Sie wollte wissen, warum sie so laut waren, und fragte, was denn los sei.«

Tsen verschied an einem Samstagnachmittag. Wie der Wetterbericht am Morgen vorausgesagt hatte, war es ein sonniger Tag, und es wehte eine leichte Brise. Meine Tochter war losgegangen, um Kuchen zu kaufen, und ich war gerade dabei, die Wäsche im Hof aufzuhängen, als Tsen zurück aufs Sofa sank und die Augen schloss. Das Mädchen, das in der Küche Obst wusch, dachte, sie sei eingeschlafen.

Eine Torte mit grünen Trauben und Erdbeeren darauf. Der Kuchen, den meine Tochter mitgebracht hatte, sah so entzückend und köstlich aus, dass mir bei seinem Anblick das Wasser im Mund zusammenlief. Ich stellte die Torte vor Tsen. Daneben legte ich die Pflaumen und Pfirsiche, die das Mädchen gerade gewaschen hatte. Mir schoss durch den Sinn, dass ich mir Gedanken darüber gemacht hatte, ob ich nach Unterbringungsmöglichkeiten für Tsen suchen sollte, eventuell sogar noch vor Ende des Monats. Ich erinnerte mich noch, mir selbst versprochen zu haben, dass ich bis zum Herbst eine gute Einrichtung finden würde, wenn ich mich selbst nicht mehr in diesem Umfang um sie kümmern könnte. Ich hatte mir außerdem vorgenommen, sie zu umsorgen, solange sie hier ist.

Meine Tochter, das Mädchen und ich bewegen uns in der winzigen Küche umeinander herum, mit ruhigen, aber zügigen Handgriffen. Ich konzentriere mich ganz auf Tsen. Es scheint, als habe ich die Tatsache vergessen, dass das Mädchen und ich uns den gleichen Wohnraum teilen, vor allem die damit verbundenen Unannehmlichkeiten und das angespannte Miteinander. Augenblicke ohne Spannungen, so natürlich und geruhsam, gehen vorbei wie ein Traum.

Der Frieden, den Tsen gebracht hat. Ein kurzer Waffenstillstand.

Es stellte sich heraus, dass das Tsens letztes Geschenk an uns war. Das Mädchen gestand uns stammelnd, dass sie nicht gemerkt hatte, was passiert war, bis sie mit den Essensvorbereitungen fertig war und Tsen wecken wollte. In dem kurzen Augenblick, in dem ich im Hof stand und der Frau im Obergeschoss etwas zugerufen habe. Als das Telefon klingelte und meine Tochter mit jemandem sprach. Da hielt das Mädchen Tsens Hand, streichelte ihre Wange und horchte an ihren Lippen nach Atemzügen.

Tsen probiert die Torte.

Nur ein winziges Stück, das sie genießt und langsam hinunterschluckt, bevor sie nickt. Verzaubert von dem weichen, süßen Kuchen. Ein zufriedenes Gesicht. Ich streiche einen Klecks Sahne auf eine Erdbeere und reiche sie Tsen. Für manche Menschen ein ganz durchschnittlicher Tag. Kleine, unscheinbare Momente, die zu genießen jeder ein Anrecht hat.

»Mögen Sie sie? Ich musste wirklich weit gehen, um sie zu bekommen«, sagt meine Tochter.

»Vielleicht können wir sie das nächste Mal selbst machen«, meint das Mädchen. »Etwas niedriger vielleicht, mehr wie eine Tarte.«

»Braucht man dazu nicht einen Ofen?«

Tsens Blick wandert zwischen meiner Tochter, dem Mädchen und mir hin und her.

Ein perfekter Nachmittag.

Aber dieser Moment, den ich mir so liebevoll ausmalte, wurde nie Wirklichkeit. Solche Augenblicke kommen entweder zu früh oder zu spät. Oder sie gehen vorüber, ohne dass man von ihnen Notiz nimmt. Oder man gibt es auf, darauf zu warten. Das Letzte, das Tsen sah, war kein entzückender, köstlicher Kuchen, sondern quasselnde kleine Kinder.

Das Letzte, das man im Augenblick des Todes sieht.

Tsen sah zarte, unschuldige Kinder. Also musste sie auf dem Weg zu einer besseren Welt gewesen sein. Allerdings befürchte ich auch, dass sie meine heimlichen Sorgen vielleicht bemerkt hat und dachte, sie sei eine Bürde. Beide Gedanken vermischen sich. Schuld und Scham gewinnen die Oberhand, und ich fühle mich, als hätte ich einen Fehler gemacht.

»Ich hätte das nicht denken sollen«, murmle ich händeringend vor mich hin. »Warum um Himmels willen habe ich darüber nachgedacht?«

Kurz danach kommt der Arzt aus dem Schockraum der Notaufnahme und fragt nach mir. Im Beisein von dem Mädchen, meiner Tochter und mir stellt er mit klarer Stimme Datum und Uhrzeit des Todes fest. Dann entfernt er alle Schläuche und Zugänge aus Tsens Körper. Er dreht Tsen auf die Seite und fragt uns: »Wollen Sie wirklich zusehen? Macht Ihnen das nichts aus?«

Sie machen sich daran, Tsens Darm zu entleeren, wie es bei

toten Körpern üblich ist. Sie ist ein toter Mensch. Anscheinend wollen sie schnell die vorgeschriebenen Maßnahmen durchführen. Ich drehe mich um und gehe hinaus.

Meine Tochter hält meine Hand. Ich schluchze auf. In den Armen meiner Tochter weine ich wie ein Kind, die Augen immer noch auf Tsens Bett gerichtet. All meine Emotionen brechen aus mir heraus und erschüttern mich bis ins Mark – ich glaube nicht, dass ich jemals meiner Tochter erklären kann, was ich gerade fühle.

●

Die nächsten Tage vergehen wie im Flug.

Der Raum, den wir schließlich für die Trauerfeier in einem Beerdigungsinstitut in einem Vorort bekommen konnten, ist nicht sehr groß und befindet sich in der hintersten Ecke des Gebäudes. Ein Angestellter begleitet uns, schaltet das Licht ein und nimmt die Abdeckung vom Altar. Es riecht muffig und nach feuchtem Schimmel. Sogar in voller Beleuchtung wirkt der Raum düster.

»Nur dieser eine Tag«, sage ich mir vor, aber dadurch fühle ich mich auch nicht besser. Warum haben sie uns von all den Räumen ausgerechnet diesen schäbigen gegeben?

»Man weiß nie, wann unverhofft Trauernde kommen«, erklärt der Angestellte des Beerdigungsinstituts kryptisch.

Selbst im Sterben kostet das Leben noch Geld. So etwas überrascht mich nicht mehr. Das erlebt man täglich und überall. Mein Blick wandert hinauf zu den rußigen Ecken der Decke und von dort zur windschiefen Tür. Zwei Leute in Ganzkörperanzügen bringen zwei große Topfblumen herein. Der Brenner für das Räucherwerk wird aufgestellt und angezündet. Sofort erfüllt ein beißender Geruch den Raum.

»Was ist mit dem Porträtbild?«

Ich nehme ein Bild vergangener Tage heraus, von dem ich annehme, dass es aus einem alten Hochglanzmagazin stammt. Die Aufnahme ist so klein, dass sie den Rahmen kaum zur Hälfte füllt. Ein Namenstäfelchen wird auf den Altar gestellt und dahinter etwas höher das Bild. Der Altar wirkt trotzdem sehr leer.

»Tsen war modisch«, sagt meine Tochter, als sie sich dem Bilderrahmen nähert. »Das Brillengestell kann man heute noch tragen. Hübsch, oder?«

»O ja.«

Meine Tochter fragt, das Mädchen antwortet. Die Unterhaltung wird im Flüsterton geführt.

»Haben Sie einen Sangtsu, der die Beileidsworte entgegennehmen wird?« Der Angestellte taucht mit einer Liste auf, auf der alle kostenpflichtigen Zusatzangebote stehen.

Ich sage ihm, dass wir nicht viele Trauergäste erwarten.

»Sie brauchen aber einen Sangtsu. Wir müssen den Namen in den Unterlagen vermerken, die aufbewahrt werden.«

»Ich mache das«, sagt meine Tochter.

»Die Rolle übernimmt normalerweise ein Mann. Sind denn keine Männer dabei?«

Dadurch rückt wieder die Situation meiner Tochter in den Fokus, und ich werde rot.

»Was spielt das für eine Rolle, ob es ein Mann oder eine Frau ist?«, mischt sich nun das Mädchen ein. »Es gibt kein Gesetz, das das vorschreibt.«

Der Angestellte blickt mich an, und ich nicke. Der Gedanke, dass meine traurige, erbärmliche Lage hier bloßgelegt wird, bohrt sich wie eine Kralle in mein Herz. Ich gehe an einer Reihe dicht gedrängter Trauersäle vorbei nach draußen. Außer den beiden Räumen nahe der Eingangshalle sind alle leer und dunkel. Ich stehe am Fenster und blicke auf den unnötig geräumigen Parkplatz hinunter. Zwei Laster mit grünen Planen, ein paar Roller und einige Autos, mehr ist nicht zu sehen. Von Tipat habe ich noch nichts gehört. Der Vorarbeiter erzählte mir, er habe vor ein paar Wochen gekündigt, und Tipats Kollege hat mir schamlos ins Gesicht gelogen. Er wisse nicht, wo dieser hingegangen sei. Es ist nicht wichtig, ob das stimmt oder nicht. Die Frage, die ich mir stelle: Wird Tipat kommen oder nicht?

Kurz nach Sonnenuntergang tauchen die Frau des Professors und die neue Pflegerin auf.

»Es ist nicht viel, aber bitte nehmen Sie es.«

Die Neue überreicht mir einen Umschlag, da wir keine Spendenbox aufgestellt haben. Ich erkläre ihr jedoch, dass der Staat bei Verstorbenen ohne Familie und Vermögen die Kosten für eine einfache Beerdigung trägt und dass ich schon allein über ihr Kommen froh bin. Wie sehr mich die geschäftsmäßige Abwicklung von Tsens Tod mitnimmt, nur ein weiterer Teil der täglichen Arbeitsroutine. Es quält mich, dass die Trauerfeier ohne jegliche Herzenswärme zelebriert wird, wie ein Botengang, bei dem die einzelnen Stationen abgehakt werden.

In der Zwischenzeit sind einige Freunde des Mädchens und meiner Tochter eingetroffen. Dank ihrer entsteht in dem Raum doch noch so etwas wie Wärme.

Dann passiert das, wovor ich mich gefürchtet habe.

»Sag mal, wer ist eigentlich dieses Mädchen?«

Ich bin in der Küche und verteile das Essen, das ich in Behältern mitgebracht habe, auf Wegwerftellern, als die Frau des Professors zu mir kommt und diese Frage stellt. Ich drehe mich zum Kühlschrank um und murmle: »Ich weiß nicht genau. Eine Freundin meiner Tochter.«

»Ich habe gehört, sie wohnt bei dir.«

Was in aller Welt hat sie gehört? Von wem und wo? Hat eine der beiden, das Mädchen oder meine Tochter, etwas ausgeplaudert? Ich gebe darauf keine Antwort, wohl wissend, dass mein Schweigen sie in ihrer Ahnung bestätigen wird, dass da etwas nicht in Ordnung ist. Ich halte von da an meinen Mund, um zu zeigen, dass ich verärgert bin, bevor ich schließlich hinausgehe.

»Da sind Sie ja. Haben Sie etwas gegessen?«

Das Mädchen hat mich in der winzigen Raucherkabine aufgespürt, die man in eine Ecke des riesigen Parkplatzes verbannt hat. Sie setzt sich neben mich und verharrt dort eine ganze Weile ohne einen Mucks. Das Licht eines Autos, das aus einer Parklücke fährt, streift uns. Unsere Schatten sind unverhältnismäßig lang gestreckt. Dann verschwinden sie.

»Der Angestellte des Beerdigungsinstituts möchte wissen, ob es ein Geleit geben soll. Deswegen bin ich gekommen, um Ihre Meinung zu hören. Green meint, wir sollten es lassen, aber es ist eine weitverbreitete Tradition. Ich fände es schön.«

Dann schiebt sie noch hinterher: »Es tut mir leid. Ich nenne sie schon so lange bei diesem Namen, dass ich das schwer abstellen kann.«

Ich sage keinen Ton.

»Wenn Sie einverstanden sind, trage ich auch meinen Teil zu den Beerdigungskosten bei.«

Als ich immer noch nicht antworte, steht sie langsam auf und sagt: »Ich werde ihm mitteilen, dass wir das morgen entscheiden. In der Nacht ist sowieso immer jemand vor Ort.«

»Danke, dass du da bist«, ringe ich mich durch, zu sagen.

Das Mädchen ist unsicher, ob sie gehen oder bleiben soll. Ich bedeute ihr, sich wieder hinzusetzen, und fange an zu reden. Ich sage ihr, dass ich immer noch nicht weiß, was ich antworten soll, wenn mich jemand nach ihr und meiner Tochter fragt. Das entspricht nicht ganz der Wahrheit. Ich weiß genau, was ich entgegnen sollte, bringe es aber nicht über meine Lippen.

»Ich weiß es nicht. Ich weiß einfach nicht, ob ich euch jemals verstehen werde, in diesem Leben.«

Das Mädchen zermalmt mit ihrem Fuß die auf dem Boden verstreuten Zigarettenstummel. Tabak quillt heraus und hinterlässt gelbliche Streifen auf dem Beton.

»Wird noch ein Wunder geschehen und ich verstehe euch Kinder eines Tages? So etwas tritt ja in den seltsamsten Formen auf. Wenn ich nicht aufgebe, vielleicht erlebe ich dann eines. Es ist alles möglich. Aber das kann eine Weile dauern. Ich weiß nicht, ob mir noch genügend Zeit bleibt.«

Ich brabble vor mich hin.

»Aber bis dieses Wunder eintritt, kann ich einfach nicht sagen, dass ich es verstehe. Das wäre eine Lüge. Damit würde ich meine Tochter aufgeben. Ihr für immer die Chance nehmen, ein rechtschaffenes, normales Leben zu führen. Das kann ich doch nicht zulassen.«

Über den Parkplatz ertönt von der Straße her lautes Hupen, das sich gleich darauf wieder entfernt. Das Mädchen hört mir zu. Ich bringe es zu diesem Zeitpunkt nicht übers Herz, ihr zu sagen, dass ich mich bemühen werde. Ich möchte ihr keine falschen Hoffnungen machen. Tief drin ist noch immer dieser Teil von mir, der gar nichts verstehen will. Da ist aber auch ein Teil, der alles verstehen möchte, und einer, der vorsichtig aus der Distanz beobachtet. Ganz zu schweigen von all meinen anderen Seiten, die völlig unabhängig davon in einen endlosen Kampf verstrickt sind. Ich habe weder das Vertrauen noch die Energie oder den Mut, ihr all das zu erklären.

Eine Erinnerung taucht in mir auf. Vor langer Zeit saß eine Frau vor mir, mit gesenktem Kopf, die Hände sittsam im Schoß ineinander verschränkt, und weinte leise.

»Es tut mir leid«, sagte sie mir. »Ich verstehe nicht, warum mein Sohn sich immer wieder in Schwierigkeiten bringt und den falschen Weg wählt.«

»Er weiß es einfach noch nicht besser«, antwortete ich. »Eines Tages wird er die Gefühle seiner Eltern verstehen.«

Das sind die besten Worte, die ein Lehrer den Eltern seiner Schüler mit auf den Weg geben konnte. Vielleicht habe ich damals wirklich geglaubt, was ich sagte. Vielleicht war ich so dumm und naiv. Er wird Sie nie verstehen. Er wird immer dem falschen Weg folgen und sich mehr und mehr von Ihnen entfernen. Egal, was Sie als Eltern wollen, er wird nicht an den Platz zurückkehren, an dem Sie ihn haben wollen. Aber nichts von alledem wird die Tatsache ändern, dass er Ihr Kind ist und Sie seine Eltern. Das wird sich nie ändern. Hätte ich ihr das stattdessen entgegnen sollen?

»Möchten Sie hineingehen und sich etwas hinlegen? Sie sehen müde aus«, sagt das Mädchen nach einer Weile.

Die Frau des Professors und die neue Pflegerin gehen kurz vor Mitternacht. Ebenso die Freunde meiner Tochter. In den frühen Morgenstunden – alles ist noch ruhig – sitzen meine Tochter, das Mädchen und ich an einem kleinen Tisch. Noch vor Sonnenaufgang werden wir Tsen das letzte Geleit geben, danach folgt das Krematorium. Sobald der Beamte von der Stadtverwaltung da ist, werden wir noch ein paar Formulare ausfüllen müssen und administrative Dinge klären. Wahrscheinlich werden wir den ganzen Tag nichts zu essen bekommen. Die würzige Rindfleischsuppe ist kalt geworden, und ein weißlicher Fettfilm schwimmt auf der Oberfläche. Ich fische die fettige Haut ab und nehme einen Löffel von der Brühe. Sie schmeckt so salzig und scharf, dass sie nicht gerade meinen Appetit anregt. Trotzdem gebe ich einen Klumpen Reis hinein und esse einen Löffel nach dem anderen.

»Esst, esst auf.«

Ich schiebe gekochtes Schweinefleisch und Kimchi zu ihnen über den Tisch. Das Mädchen nimmt sich ein Stück von dem Fleisch. Ich hole ihnen eine Tasse warmes Wasser. Dann esse ich meine Suppe bis zum letzten Tropfen auf.

Nach der Stärkung begebe ich mich in das kleine Zimmer, das den Angehörigen zur Verfügung steht. Ich breite das Laken aus, das dort bereitliegt, und strecke mich darauf aus. Der durchdringende Geruch von Rauch und feuchtem Staub steigt aus dem Stoff auf. *Tick, tack*. Das Geräusch eines Sekundenzeigers wird immer lauter. Ich habe Angst, dass mein Körper zerfließt, wenn ich ausatme. Ich schließe meine Augen und versuche, zu schlafen. Wenn ich kurz darauf aus einem tiefen Schlaf erwache, wird hoffentlich alles nur ein Traum gewesen sein. Ich hoffe, dass alles so ist, wie es immer war. Ein ereignisloses, einfaches Leben, das von mir keine Anstrengungen verlangt, irgendetwas verstehen und akzeptieren zu müssen. Aber vielleicht liegt auch ein Leben voll von endlosen Kämpfen und dem ewigen Bemühen um mehr Toleranz vor mir.

Werde ich so ein Leben annehmen können? Werde ich es durchstehen?

Während ich mir diese Fragen stelle, sehe ich ein altes, starrsinniges Weib mit grimmigem Gesichtsausdruck vor mir, das den Kopf schüttelt. Ich schließe die Augen erneut. Wie auch immer, jetzt ist es höchste Zeit, zu schlafen. Wenn ich aufwache, werde ich Energie genug haben, mich durch den Teil meines Lebens zu schlagen, der direkt vor mir liegt. Ich darf nicht zu weit in die Zukunft denken. Ich muss mich darauf konzentrieren, was als Nächstes getan werden muss, und es möglichst unfallfrei erledigen. Mir bleibt also nur zu hoffen, dass ich die lange Zeitspanne der vielen Morgen, die es Tag für Tag geben wird, nach und nach bewältigen werde.

»Ein Roman, der ins heiße Herz der Gegenwart führt.«

Denis Scheck, *SWR lesenswert*

208 Seiten. Gebunden

In einem prachtvollen Anwesen am See leben sie zusammen, die Frauen einer Familie, denen die Männer nach und nach abhandengekommen sind. Wie zahlreich die dunklen Flecken ihrer Geschichte sind, weiß nur eine von ihnen, die enigmatische Großmutter, die immer den Schein zu wahren wusste. Als Leni sich weigert, genau das zu tun, wird sie still und heimlich verstoßen. Zurück bleibt ihre Schwester, die nun allein gegen eine verhängnisvolle Tradition ankämpfen muss. Annika Reich erzählt von Schwestern, Müttern, Töchtern und Großmüttern, die der trügerischen Anziehungskraft weiblichen Verrats erliegen, auch wenn sie sich nichts mehr als gegenseitigen Beistand wünschen. Bis die Großmutter stirbt und die Geister der Vergangenheit sich nicht länger verstecken lassen.

HANSER BERLIN

hanser-literaturverlage.de

Scott McClanahan

»Ich weiß nur eine Sache übers Leben. Wenn du lang genug lebst, fängst du an, Dinge zu verlieren. Alles wird dir weggenommen.«

978-3-453-42669-6